李宗舜——著

烏托邦幻滅王國
——黃昏星在神州詩社的歲月

美羅七君子：前排左起廖雁平及溫瑞安。後排左起：余雲天、葉扁舟、黃昏星、吳超然及周清嘯

美羅中華國民型中學，三位華裔及三位印裔同學：華裔同學都有不同的手勢表情，前排左一余雲天，左三黃昏星，後排雙手頂起「華國」二字為周清嘯

天狼星詩社社長溫任平

中華國民型中學的學生與華文老師攝於溫家聽雨樓下：左起廖雁平、黃昏星、溫瑞安、溫偉民老師、師母及溫秀芳

天狼星詩社另一次聚會，後排右二為綠叢分社社長許友彬

一九七三年天狼星詩社總社訪問吉隆坡綠湖分社：前排左一陳美芬，左五方娥真。後排左起：周清嘯、廖雁平、葉扁舟、殷乘風、溫瑞安、溫任平、藍啓元、黃昏星及何棨良

迎接溫任平在台北參加
世界第二屆詩人大會回
國，在安順舉辦的大會
全體合照及歡迎布條

社員在玩疊羅漢，從上
至下，黃昏星、林雲
閣、周清嘯、廖雁平及
溫瑞安

三兄弟也是三劍客，左
起黃昏星、溫瑞安及周
清嘯

5

聚會的另外一個收穫，則是巧遇當時的台灣總統蔣經國（第二排左四），與眾社員合影留念。前排左四為方娥真，右一為廖雁平，第二排左三為周清嘯，左六為溫瑞安。黃昏星立於周清嘯及蔣經國後面

詩社男女社員皆以習武強身為己任

神州詩社時代的方娥真

大馬的五名神州要員，
左起：周清嘯、廖雁
平、溫瑞安、黃昏星及
殷乘風

客運站長沈瑞彬（中）
在座談會後與社員合
照，左起：方娥真、黃
昏星和周清嘯

7

溫瑞安在座談會的演講神情,右為陳劍誰(陳素芳)

社員拜訪馬家:左三為陶曉清,左五為馬國光(亮軒)

赴港與金庸先生洽談在台協助明窗出版社印刷溫瑞安武俠小說事宜,左起金庸及黃昏星

左起：金庸及溫瑞安

神州詩社全盛時期，後排右一為少年林耀德

三十多年前神州社友及三三同仁相遇相知歡聚一堂，影中人的朱西甯及周清嘯已先後仙去，雁行折翼。前排左起：朱天文、陳劍誰、方娥真、朱天心、朱天衣、林慧娥及戚小樓。中排左起：林國卿、溫瑞安、曹元馨、朱西甯及劉慕沙。後排左起：馬叔禮、曲鳳還、林新居、廖雁平、黃昏星、周清嘯、林雲閣、李玄霜、秦輕燕及陳悅真

往昔鬥詩的繆斯知音已化
作一聲清嘯遠去。左起：
周清嘯及黃昏星

一九九三年，李宗舜在返
國相隔十二年後，出版
第一本詩集《詩人的天
空》，當時回馬的兄弟及
大馬詩友一起出席推介
禮，前排左起：殷乘風、
李宗舜、林雲龍、張永
修。後排左起：葉扁舟、
廖雁平、余雲天、周清嘯
及辛金順

神州詩社：烏托邦除魅

兼序李宗舜的散文集

溫任平

> 星星們從一所遙遠的旅館中醒來了
>
> 一切會痛苦的都醒來了
>
> ——多多

（一）

　　李宗舜，也即是天狼星時期的黃昏星，力邀我為他的散文集《烏托邦幻滅王國》寫序，由於天狼星詩社與神州詩社當年的糾葛，我可能是最適當、也是最不適當的寫序人。我在電話裡提醒宗舜我的處境，他說集子的三十多篇文章已修改了八次，所有過激的情緒語全刪了。我建議他篩選出精品，才傳給我看，「宜乎少些神州的老調，多些生活、生命的感悟之作」。宗舜的回訊讀得出來他的無奈與心虛：「我在七十年代寫的散文只能稱為習作，天狼星和神州是我七十年代生活的主要內容」。

　　他的回訊使我感到為難。坦率的說，習作應該交給華文老師批改，不宜付梓。這話只差沒說出口，另一個念頭在我腦中閃過：作者通常都不是自身作品的最佳評鑒者，他可能寫了一些連

他自己也不太懂、難以估量的東西，我於是發了另一則短訊給宗舜，建議他把稿傳過來給我看看，「讓文本自己說話」。我聽說臺灣《文訊》二九四期（二〇一〇年四月號）特闢神州詩社專題，內刊長短文章九篇，就發生於一九八〇年九月廿六日臺北警總人員突然帶走溫瑞安、方娥真、李宗舜、廖雁平四人的事件發表感想。李、廖兩人受盤詢廿四個小時後釋放，溫則入獄四個月後以「為共匪宣傳」的罪名遞解出境。這宗發生於三十年前的奇案，由溫方李廖與當年的神州社員和奔走營救的文學界長輩各抒己見，文獻寶貴，我也請宗舜寄來一份讓我細閱。

　　散文集分五輯，第一輯七篇是一九七四、七五年的少作，七四年只寫了兩篇。第一篇〈下午〉描述的是一個未被賦名的城鎮午後的炎熱與居民的作息狀態：車站前、馬路邊到處都是揮汗如雨的人群。讀者不妨試著把自己當著是個橫空而過的神祇，從高處往人間鳥瞰，城裡的人忙著排隊買票看電影，逛街購物約會，在冰果店裡流連。烈日如火，女生撐著遮陽傘，男人躲閃在巨型廣告牌下尋找蔭庇。商店擺賣各種貨物。店主表情木然。人潮流動，這個不知名的城鎮擁有超過一間百貨公司，因為作者透露在市內最大的百貨公司對面店鋪的二樓，有間茶館，人們坐在籐椅上或交談，或飲茶，或看電視，或翹著腳在弈棋。這夥類似魯迅筆下的庸眾除了聊些日常瑣事，偶爾提起從唐山來到南洋的往事，四十年代日本南侵屠殺同胞的慘劇，難免有些激動，用作者的話：「那股激情和憤慨都是茶色的，又苦又濃」。茶樓的老闆也是夥計，泡了幾十年的茶，忙於招呼老顧客。桌子

上棋子錯亂，茶壺底沉澱著還濕的茶葉，街燈霓虹燈開始亮起。時間流逝。

這是書中三十五篇散文唯一格調殊異，題材另類的篇章。通篇白描，沒有一句對白，僅靠作者的旁述推著鏡頭上下左右掃描、外在內在全視敘述。舞臺般的場景，人與物像道具，所謂洶湧的人潮，是靜態的描述，有人而無人煙；茶客的閒談，沒人發出聲音，仿似失語的默劇。拉岡（Jacques Lacan）嘗謂「失語」的產生，來自當事人的語言與文化不能獲得社會認可，在社會的伊底柏斯（Oedipal）的結構及語言文化秩序的壓迫下，當事人只好倒退回內心世界的幻想去。李宗舜筆下的城鎮並非只有兩條街的山城美羅，七十年代的美羅並無天橋、紅綠燈和大大小小的百貨公司；它也不像怡保、吉隆坡或八打靈，它的心理位置或稍接近莫言的高密東北鄉，李永平的吉陵鎮等烏有之鄉。忙與盲的庸眾，愛緬懷喜抱怨、以閒言碎語度日，這個面對烈日煎熬的社區，我認為，**正是馬來西亞華人社會的縮影與暗喻**。二十歲的李宗舜不可能讀過拉岡、熟諳象喻曲寫之道，憑著原生的直覺與體驗感受，在他的處女作階段描繪出他個人寫作生涯的第一個熱鬧而荒涼的「反烏托邦」（distopia）。

李宗舜要逃離反烏托邦，他難以忍受渾渾噩噩的生活。初二那年，他認識了同學溫瑞安，他與後者的交往過程與後來面對的家庭壓力，在七四年寫成的〈故事〉抒寫甚詳，這篇文章在臺灣中國時報的〈人間副刊〉發表，當時頗受矚目。文章裡透露的孤憤、掙扎、執著一方面固然感人，另一方面也令稍具理性的讀者錯愕：

當一切向心靈迫壓的打擊越來越深、越多貝多芬的命運交響樂便在你的意識裡響起；就在那個時候，你想起海鷗和仙人掌。

打擊可以，痛苦可以，黑暗也可以，就是沒有詩的日子絕對不可以。哥哥不斷叫你回家耕種，……回去快回去。不回去我絕對不回去。你告訴自己：你是不能回去的，你要和詩人在一起，你要在黑暗中尋找光源，照亮自己，燃亮其他的人。

這兩段話不啻是一個文藝青年的寫詩宣言，不顧現實利害的程度近乎「囈語狂譫（delirium）」，向海鷗仙人掌貝多芬尋求精神力量的支持，童騃的天真魯直，離譜得令人啞然失笑。楊照寫他自己的青少年回憶錄《迷路的詩》，裡頭有愛情親情師友情以及要成為一個詩人的激情（也許「迷路的詩」更適合用作宗舜這部散文集的書名），他遠比李宗舜理性，他沒迷路，煉詩不果，乃另覓出路，在余光中、楊牧、張曉風、王鼎鈞、許達然……諸名家之間闖出另一條散文路子：大道理用小敘事，真相大白往往在文末最後一兩段或三幾句，足證失之東隅者，大可收之桑榆。楊照在麗水街「星宿海書店」讀《李白詩全集》：「劍氣與俠影，鏗鏗如金石相擊……讀了幾首，覺得捨不得再多讀下去，於是找來溫瑞安的《山河錄》稀釋一下。」楊照的回憶錄有理想、有思想、有幻想、有奇想、有夢想、有渴望，心靈曾經受過傷；李宗舜的散文集《烏托邦幻滅王國》甚麼都有，獨缺思想，原諒我的直言，就是缺乏思想。他的個人性與思想性被《將

軍令》、《山河錄》與溫瑞安的日常言行和意見觀點全給稀釋掉,而不是稀釋一下,作為調節。他的散文的可讀性建築在他的「感情構成他大部分的思想」(明顯的悖論)的真摯上,這點容後再議。

(二)

《迷路的詩》書中用到「浪漫」這兩個字眼,比《烏托邦幻滅王國》多出許多,楊照的浪漫關懷涵蓋的畛域較大,相對多元;宗舜的縈心之念早年在《綠洲》,爾後在「天狼星」與「神州」,全情投入,淪肌浹髓,他的大部分感情,纖維化成了思想,故而書中不怎麼浪漫上口,而浪漫其實入骨。

我絕無排斥浪漫主義的意思,楊牧的詩與散文何其「高蹈現代」(high modern),但詩人在一九九三年即曾指陳:「文學史內最令人動容的是,浪漫主義。」早在六十年代陳世驤論中國文學的抒情傳統即曾追溯「言志」文學的源遠流長。余光中膾炙人口的自傳性現代抒情散文,其藝術感染力除了形式技巧直撲眼球,還得力於洸洋奔放的浪漫情懷,令讀者投入其間,感同身受。而余先生從舊大陸寫到新大陸,從〈鬼雨〉、〈地圖〉寫到〈聽聽那冷雨〉、〈蒲公英的歲月〉,雖云自傳,題材何其多樣,宗舜僅僅以詩社的聚會加上團體的喜怒哀樂為自傳或回憶錄的內涵,無論怎麼說,都嫌薄弱了些。如果把這些長短不一的篇章,視為神州詩社興衰的演義,則又未嘗不可,歷史教訓總不成都丟到記憶廢墟裡去。

　　然則我是否應當勸導李宗舜仿效楊照，放棄他的寫詩志業（不是職業）呢？這倒不必，我比宗舜年長十歲，不久前還出版詩集《戴著帽子思想》，我勸他封筆就有點搞笑了。楊照的體會是：詩人無法「為詩工作」、「為詩準備」，更沒辦法衡量自己是否「為詩努力」。臺灣詩壇耆宿向明「為詩奮鬥」、「為詩而狂」，在報章主持「新詩一百問」專欄，傳為美談；在大馬李宗舜曾於二〇一〇年十月規定自己每日必須成詩一首，努力的結果是十月得詩三十一首。他們的例子恰恰是楊照所言之反證，我相信古今中外，為詩藝作出如此巨大付出的人，沒有一旅總有一連吧。然而，那畢竟萬中無一，少數中的少數，特例不能代表常例。

　　杜甫孟郊賈島以苦吟著稱，反覆琢磨推敲，也不知撚斷多少絡鬍髯。唐代有詩鬼李賀騎驢外遊，他把電光火石間捕獲的字句，放進他攜帶的詩囊裡，現代有詩癡李宗舜駕著德士接送客人，在街道紅綠燈交錯的瞬間掌握到佳句（下次我坐德士外出，一定打聽清楚司機是否有在車上斟酌詩句的習慣）。《綠洲》手抄本第八期發表宗舜的某首詩，得到瑞安的特別讚許，說來這只是心理學「鄙薄的啟蒙」：將平凡看作深刻的庸俗辯證，從幼稚園到大專院校，這一套大抵管用。為人師表或父母者大概都用過。所以瑞安沒有錯。至於讚賞之際溫瑞安「目光灼灼」地盯住他，為的是加強銘刻的效應，也沒錯啊。傳播文學，鼓勵文學新秀，這也是我個人的願望，何錯之有？沒有溫瑞安的感召鼓勵，英年早逝的周清嘯可能從商，廖雁平成為象棋國手，其他的時間大概會和李宗舜一起務農。詩可以興觀群怨，多識鳥獸

草木之名，瑞安發掘、培育他們天賦的詩性（詩寫得好不好是另一回事），錯從何來？撰寫這篇序言，我不斷反思，問題出在那裡？

〈故事〉一文是宗舜個人成長與啟蒙的自述：初窺現代詩堂奧，加盟「剛擊道」兄弟幫。中五畢業面對失業，離家住在美其名為「黃昏星大廈」，事實上是油站旁的破屋裡，七二到七五年是李宗舜奔赴烏托邦的時間燧道（time tunnel），七四年秋他勇闖臺灣，沒有學籍，不能進入大學，逗留期像一般遊客僅限三十天，宗舜獨自一人，惡補高中三年的功課。他身上馱著的不僅是一大堆的課業，還背負詩社總幹事，剛擊道二當家的任務，他能成功考上政大中文系不容易啊。

這段日子瑞安頻頻給我寫信郵和寄來郵簡，內容可以寫到郵簡的封口上，報導的離不開與那個作家、詩人或某大學的學生領袖見面「交談甚歡，堪稱莫逆」、「彼此論及家國興亡，民族大業，文化復興，慷慨激昂，熱淚盈眶，不能自己」、「某某人血性男兒也，日後可予重用」……而竟無一字提及功課作業。在馬來西亞霹靂州的小鎮冷甲有一名十六歲甫念完中三的學生殷乘風（我的學生），不顧一切，飛赴臺北與老大會合「共創大業」。殷年幼無知，易受慫恿，令我費解的是，何以有那麼多臺灣的大學精英與俊彥之士，竟步殷乘風的後塵，為了做一番事業，置家庭、學業於不顧？沈瑞彬加盟神州的戲劇性片斷或能有助吾人重返歷史的現場：

> 某日深夜沈瑞彬叩訪山莊，同時提了行囊，說是要與溫大
> 哥及兄弟們做大事，家庭、事業就顧不了，一切豁出去的
> 血性漢子，當夜大家連袂上山膜拜指南宮四方神明，庇祐
> 神州眾生安康，社務順暢和不受干擾。

這時候的神州詩社已把詩放在次要的位置，剛擊道的兄弟
連心，一切以大哥的鋼鐵意志馬首是瞻。神州詩社改名「神州
社」，力量涉入文化界，開始印行出版的《青年中國》、《文化
中國》[1]、《歷史中國》由於得到學術健筆的供稿（大家都對這群
僑生感到好奇），一時頗受看好，但神州的伸展翅翼，目的是提
高神州集團的形象，文化議論只是借力使力，接下來的文集竟印
出八頁神州活動的彩頁照片，寶島學術文化圈這時才真個恍然。

書中有篇散文追述當年有讀者一買了《坦蕩神州》即加盟
為社員欹矣盛哉的現象，《坦蕩》的封面設計是神州幾十個成員
的合照，中間的那位微笑雍容的長者是蔣經國總統，政治掛鈎
是大家給臉，名人效應或更近事實。十六歲的殷乘風、二十一
歲的李宗舜、四十歲的沈瑞彬（時任臺南客運站長，比我年長
九歲）……都給「做一番大事業」這個模模糊糊、未曾規範的
「大敘述」（Grand Narrative）唬住了。「三三」的胡蘭成最
喜歡講這種不著邊際、恍兮惚兮的話。共創大業是為了報家仇
國恨（〈落腳處〉），是為了維護中華文化命脈（〈跨出這一
步〉）？「大事業」是豪情俠義、文化精粹（〈海誓〉），還是

---

[1] 哈佛大學杜維明的「文化中國」板塊研究，甚有見地，但杜先生也坦承「文化中
　國」這概念非他所撰，它源於70年代臺灣一群僑生。

像後來寫血書退出神州的羅海鵬所言：「……替國家厚植反攻國力」，即使失敗也要像文天祥那樣寧死不屈「留取丹心照漢青」？

由於神州社甚麼都是，它是個詩社，它是個文學社，它也弄文史哲，它的成員兼修文武，有點像武館，行徑之誇張，甚至令人聯想到他們會不會是國民黨的學生軍團。從少壯亮軒到銀髮朱西甯，都被這群暗蓄孤憤的「孤臣孽子」所感動。亮軒前來山莊的「聚義堂」，看到那三個字卻沒聯想到水滸傳，還送來裱好的對聯（〈烏托邦幻滅王國〉）；朱西甯在國家文藝大會上「提到神州人的理想和志業，每個人都像把琢磨的利刃；現在磨刀，來日舞劍」（〈人生在世〉），難怪宗舜筆下經常以「江湖劍客」自許（詳〈無限想念〉、〈相去千里的風雲〉、〈在沙灘上〉諸篇）。宗舜及其他社員都忘了朱先生講的是對幼輩的勉勵語。在眾人的掌聲中，在彼此互相吹噓聲中，年輕人的自我日益膨脹，神州從一個小小的詩社漸漸傳奇化、神話化，終於烏托邦化，而走向泡沫化的不歸路。魯迅曾說：人可以被棒殺，也可能被捧殺，誠然。

《烏托邦》（Utopia）是湯姆斯・摩爾（Sir Thomas More）於一五一六年寫成的名著。Utopia（Eutopia）是個「好地方」，Outopia是個「不存在的地方」，意義的悖反實已道出了真與幻只是毫釐之差：**智慧的門口站著惡魔，聰明的鄰居住著邪惡。**摩爾借《烏托邦》的虛構人物拉菲爾的議論，批判殘酷腐敗的英國都鐸王朝，摩爾是大法官，仍被亨利八世送上斷頭臺。二十年後又出現另一位人文主義者法國人拉伯萊（Frangois Rabelais）的

名著《巨人傳》（Gargantua and Pentaguel），巨人國王為若望修士建造德麗美修道院，唯一的教規是「做你要做的事」，如此放任自己的烏托邦子民，是因為摩爾與拉伯萊堅信，人類接受文明洗禮懂得自律，經過文化薰陶自然趨善，那是十六世紀歐洲的樂觀人文主義。他們兩人對人性的自私、貪婪、對權力與性的慾望，瞭解有欠深刻。滿口仁義道德之士（當然受過很好的文化薰陶），讓他們做他們想做的事，沒有制約，僅靠自律，犯罪率與個人在團體的地位權勢恰恰成正比。老大做好事，從二當家到第十七當家在幫忙；老大幹壞事，其他當家不當權的兄弟一個個都成了幫兇。

（三）

　　中國古典文學作品對現代的神州人有制約力嗎？陶淵明虛構的烏托邦〈桃花源記〉一文有載：「其中往來種作、男女衣著、悉如外人」、「自云：先世避秦時亂，率妻子邑人來此絕境，不復出焉；⋯⋯乃不知有漢，無論魏晉」這些部落客留戀昔日時光，拒絕接受新的政治現況，張大春一語解構：這樣的烏托邦「無建國神話的旨趣。」道家式的隱遁絕非溫瑞安一干熱血青年的抉擇，無論於道德層面、現實策略、理想境界，一九七四年到肇事的一九八〇年秋神州人之言行舉止，或更接近清代李汝珍《鏡花緣》其中有關〈君子國〉裡所載「比中國人更中國人」的模式。《鏡花源》的虛構人物唐敖與其夥伴來到「君子國」，發覺果真名不虛傳，士庶工農商，「無論富貴貧賤，舉止言談，莫

不恭而有禮」，國家宰輔吳之和、吳之祥議論法治倫理，言必以先秦諸子為佐，援引四書五經為據，比天朝之士更具「天朝風範」。溫瑞安、方娥真、李宗舜、周清嘯、殷乘風諸子，一舉手一投足，那種民初五四文人揖讓雍容的氣度，與只有在俠義小說才可能出現的豪言壯語，那能不令同學傾心折服、臺灣新社員群起效尤？那能不讓師長另眼相看？[2]

　　七十年代中葉以降，臺灣自失去聯合國席位後，在國際上頗為孤立。大陸於一九六五年搞「文化大革命」，越演越烈，蔣介石總統提出「中華文化復興」抗衡也是統戰之策，行之有年，效應不彰。當前這群僑生的文化回歸與所表現之愛國熱忱，恰恰投合了當局的胃口，《青年中國》雜誌推出三期之後，「得到當時國民黨文工會和總統府第一局來電或致意表示支持」[3]，那時的神州似乎真的在「做大事」，用瑞安的自述「高峰期以溫氏為中心，約有核心內圍社員三、四十人，社員遍佈臺灣本島，略涉香港、星馬，全盛期達三百餘人。」[4]烏托邦建國規模初具，梵帝崗在二〇〇五年人口才七百八十三人，神州社在七十年代下半葉竟擁有社眾三百餘人，是基督教神聖之邦人口的一半。當年的柏拉圖（Plato）建構《理想國》，理想國是更早的烏托邦，這位名滿天下的希臘哲人把詩人逐出「理想國」，因為他覺得詩人耽於幻想狂想，對社會國家無益。柏拉圖真有遠見。

---

[2] 張曉風：〈我好奇，你當時為什麼來救我們？〉對神州人的豪傑行徑，報導亦莊亦諧，甚為有趣，詳《文訊》296期（2010年六月號），頁16-19。

[3] 引自〈龍遊淺水蝦味鮮：訪溫瑞安談神州詩社與神州事件〉，《文訊》294期（2010年四月號），頁68。

[4] 詳〈溫瑞安文學生涯歷程表〉，《楚漢》（臺北：尚書文化，1990），頁314。

　　溫瑞安詩才橫溢，但他顯然與十八歲出版詩刊《鼠疫》二十二歲寫出〈怪客〉二十四歲交出〈高處〉的大陸詩人楊黎很不相同。兩人都很自我，很狂妄，都不按牌理出牌，可溫楊詩風迴異，彼此追求的目標亦大相逕庭。楊黎倡導「非非主義」，風靡一時，從者頗眾，但楊黎獨來獨往，沒有權力的慾望，他最想創立宗教性組織的詩歌教（柏拉圖很早就明白詩人喜妄想），無非出自愛詩的熱忱。說句認真的笑話，詩歌教創立成功，以寫詩為執念的李宗舜可任其輔宰。經過神州的意義被騎劫的詩癡，還有無興趣重作馮婦，我頗懷疑。俗語有說：見過鬼怕黑。古人有云：曾經滄海難為水。

　　當年的溫瑞安曾把詩社的奮鬥目標拉抬到「發揚民族精神／復興中華文化」的高度，可企望而不可企及，孔孟講「內聖外王」，唐君毅、牟宗三、錢賓四、徐復觀新儒四君子一生追求的不外如是，作為一個詩社的宗旨太「超載」了（overloaded），對一群經常翹課、輟學而又申請復學的大學新生而言，發揚云云、復興云云，那是生命難以承受的重。神州社歌：「中華的榮光，正在滋長發皇……」這一首馬來西亞霹靂州美羅中華中學的校歌，凡是在美羅這小鎮念過一兩年中學的居民都能朗朗上口。一曲兩用，流傳寶島，作曲人吳中俊校長可以含笑九泉矣。把校歌唱成社歌，這樣就能發揚民族精神、復興中華文化？這聯句供在中央研究院大門兩側，還算是適度的自我期許吧。

　　臺灣文壇詩社不少，瑞安、清嘯念的臺大有「現代詩社」，宗舜、雁平念的政大有「長廊」，娥真念的師大有「噴泉」；邁出校園，藍星、創世紀、笠、龍族、主流、草根……這些詩社定

期出版自己的詩刊，從鍾鼎文、覃子豪、余光中、葉珊、瘂弦、洛夫、羅青……這些教授級、明星級的詩人都不曾如此自詡。一九五六年紀弦成立「現代派」，全臺八十餘名詩人加盟，陣容鼎盛。躊躇滿志之餘不免有些「飛揚跋扈」的紀弦，亦不過為現代詩應努力的方向訂下若干原則像學習「自波特賴爾（Baudelaire）以降的各個新興詩派……」仍不敢奢言發揚、復興，逾界違矩把國家民族大任攬在自己身上，或丟到詩社身上成為壓斷騾背的最後一根稻草。

　　臺灣的大小詩社，從大專學院到整個文壇清一色是「同儕團體」、「同仁團體」，社員可能各司各職，大家是身份平等的朋友。我從未聽說過覃子豪逝世之後，藍星詩社即由羅門總攬大權，余光中欺負年輕的葉珊或年輕的葉珊欺負年邁的周夢蝶，因後者沒交社員費而被送去藍星詩社「刑部」處罰的天荒夜譚，但這種詭異之事對神州詩社而言乃家常便飯。神州詩社與一眾詩社不同，它是專制的人間天國，孤家寡人，順我者昌（晉升為堂主還是香主？），逆我者傷（受到其他社員清算、圍剿），至於「犯錯」被罰沖洗領袖的大頭彩照，懸掛在「試劍山莊」每個角落，那是以擬真物（Simulacrum）滿足一己荒謬的帝王慾望。

　　宗舜在壓軸作〈烏托邦幻滅王國〉有一節沉痛的告白：「有人野心勃勃，神州是他的戰場，也是他王朝的『樣品屋』。……詩社變質，新人多被遙控，設立各部各組由一人指揮，成了一言堂，社員若有不滿，則標籤小集團，群起圍攻。」**神州詩社是新馬港臺華人社會第一個成功幫會化了的詩社**，新加入神州者的必讀書是《書劍恩仇錄》，要像「紅花會」的會員一樣：兄弟不可

背異離棄,最忌「背叛」。[5]以親信控制各組社員,看似明代東廠情報監管的無厘頭搞笑(我們難以想像法治社會的文藝圈竟出現如此令人齚觫的現象),其實更接近奧威爾(George Orwell)《一九八四》的烏托邦「老大哥」無所不在的監測、控制,老大不必率眾去「打仗」,卻對各組社員向路人兜售神州文集的進度、情況瞭若指掌,《一九八四》的「老大哥」也具備這種天眼通,瑞安自詡「組織周密」[6]。神州成員置身於所謂「遷升降級,賞罰分明」[7]幫會體系式的白色恐怖裡。感情竟用手段,袵席之間就是戈矛:有人為了邀功請賞而報訊,自然就有人中了暗算,在現實生活中被叮得滿頭是泡,在武俠小說的險惡江湖裡個個成了卑鄙奸徒,被情節推向絕境,不少退社的社員便是這樣慘死在武俠的虛擬世界裡,假是真來真是假。紀實與虛構,是非與對錯,兩者之間的錯位,且看當年的其中一位死忠份子陳劍誰的追述:

> 溫瑞安會說「做大事是寂寞的」,不被瞭解最孤獨,我是要做大事的人,我已顧不了親情⋯⋯我理直氣壯地瞞著爸爸媽媽向姐姐們借錢,做大事的人是不講究人生細節的,欺騙有理。⋯⋯廿歲的我不斷告訴自己:朝聖是必須的,欺騙家人是不得已的。⋯⋯長期的金錢匱乏、學業荒廢、開不完的批判大會、愚公移山的揹書賣書,有些重要社員尤其是神州初創時的社員陸續退社,我們(包括當時矢志

---

[5]　30年前,現任臺灣師大國文系教授林保淳是神州之友,沒加入成為「兄弟」幫,是「不耐煩威權的局限」,詳閱〈神州憶往〉,同註2,頁105-107。

[6]　同註3。

[7]　同註3。

不渝的陳劍誰）悲憤的說他們意志不夠堅定，違背我們在明月下結拜的誓言。……離開神州與舊社員相聚，我們共同的經驗竟是常作夢夢到批判大會而驚醒。[8]

　　難怪！一九七三年秋，瑞安與清嘯第一次赴臺，就讀於臺大中文系。不久即收到瑞安的來信，他要求我以家長身份，寄出一封信虛報家中發生重大事故經濟頓然陷入困境，必須休學返馬，他說他拿到這封航空急信便可向大學當局申請到一筆優渥的助學金，我不虞有詐，信寫了也寄了。同年十一月中旬我赴臺北參加第二屆世界詩人大會，瑞安、清嘯與我同住正芬大飯店，他們才告訴我因為捨不得詩社（社員），迫不得已施計拿到家長的函件向校方申請休學。為了做大事，說謊有理，休學是必須的。

　　劍誰在文中提及神州「開不完的批判大會」，使人想起大陸十年文革毛澤東的群眾大會上的集體批判，除了把「不知悔改的黨內走資派」鬥倒，也把無辜的作家學者如錢鍾書、沈從文、老舍、吳宓……一個個掀出來清算。但溫瑞安絕非共產黨支持者或同情者，把瑞安逮捕並扣上「為共匪宣傳」是很不「美麗的錯誤」。當年的神州姿態「極右」，與三三集刊同是臺北文化圈文學青年愛國組織，瑞安、娥真在莫須有的罪名被囚禁，同情與抗議聲四起，引起港臺文化的近乎公憤的關切、好心人的奔走說項，反而模糊了真相與問題的癥結所在。大學訓導在這方面顯然有盲點，一群以神州精神為號召的大學生不斷翹課、休學、再申

---

[8] 陳劍誰：〈遙遠的鼓聲—回首狂妄神州〉，同上，頁93-100。

請復學這個「疑竇」得打開，如果它是個社會問題得有效處理，包括送交青少年感化中心輔導，涉嫌奸犯科者則控之於法庭，或口頭訓誡或判處牢刑由審訊定讞。

是神州「樹大招風」？碩壯、健康的樹不會這樣倒下的。是一群家長（人數多少永遠是個謎），從一九七四年秋到一九八〇年秋，他們的孩子們無心念書，不斷翹課，與父母家人齟齬不休，怎樣勸說都不聽，學業蹉跎，不回家睡覺卻睡在叫甚麼山莊的窩裡。我的揣測是：或因退社社員感到委屈，終於投訴家長，說出真相；或由某家長出手，也可能一群家長聚商，忍無可忍，決定發動雷霆一擊。文革十年，大陸從幼稚園到大專院校一概停課六年，半個世代的學子目不識丁；神州的「美麗新世界」構建於臺北六年，留在「試劍山莊」的學生（社員），只有陳劍誰一人念完大學，只有她有資格擔任出版社的發行人。[9]滿座衣冠似雪，何等舞雩氣象；滿座衣冠似血，武林／儒林浩劫難逃。[10]一念天堂，一念地獄。

（四）

烏托邦是海市蜃樓，三十五年後的今天還不徹底「除魅」（disenchanted），謬種流佈，病毒會繼續散播。五百年前的摩爾與拉伯萊相信人類文明具備向善的本能，是「想當然爾」的冀望。楊朱講性惡，佛家講貪嗔癡慢疑，早已洞悉人類的心靈黑

---

[9]　同上，頁98-99。
[10]　神州文集第一號〈滿座衣冠似雪〉（臺北皇冠：1978）。

暗。二十世紀人類建構的烏托邦一個比一個大，二戰日本提出的「東亞共榮圈」，冷戰期鐵幕與竹幕均異口同聲力倡的「無產階級專政」，美國自許為「世界警察」，只是犖犖大者。擴張勢力，合法化侵略，以公義行不仁不義的這些超級烏托邦，傷害（殺害）的人以億萬計。毛澤東所謂「六億神州俱堯舜」，其實是「六億神州俱芻狗」。右翼烏托邦是「以超真搶救真實」（to rescue the real with the hyper-real）左翼是「以虛擬拯救真實」（to rescue the real with the imaginary），魑魅魍魎，焉可不除？今日工商文教的烏托邦，以各種掩人耳目的姿態出現，體積遠比政治烏托邦小許多，為害社會各階層可十分廣泛，它們政治立場不左不右，反而更便於左右開弓，超真與虛擬並用。威爾斯在其著作《現代烏托邦》裡直言「它們的共同特點是空洞⋯⋯沒有具有個性的個人，而只有一致化的成員。」成員對大哥只有「不問情由的服從」（unquestioning obedience）。內心有疑惑，震懾於領袖的威權，不敢抗爭，明知錯了還是將錯就錯下去。

　　武俠小說的情節與武俠小說家的生活沆瀣一氣，情況之詭譎離奇，情節之曲折驚怖，因為毫無前例作為參考，更令人震悚。金庸的武俠人物忠奸莫辨，行事匪夷所思，作為香港明報主筆，查先生的社論於現實時事的真與幻看得真切；倪匡言行偶爾滑稽突梯，但他也沒把現實生活搓捏成武俠的漿糊。三十多年之後，方娥真於《文訊》的神州專輯的一篇文章中兩度提及「溫瑞安魔鬼的一面」[11]，不作申論，我難免這樣想：如果神州時期她

---

[11] 詳閱方娥真：「我由他們（誣告者）知道了溫瑞安魔鬼的一面，但他與叛亂絕對無關。」，〈一條生路〉，同註2，頁88-89。我完全認同娥真的看法：瑞安與任何

願意用一語提醒大家，則不致於有那麼多年輕人剛剛有點理想
並仰望偶像，即被殘酷的現實無情地摧毀，對一切失望抑且乎
絕了望。一九七五年殷乘風投奔老大，發覺神州提倡讀書不重
要，搞活動才是做大事，而他於備考的緊急關頭，社員於門外
鼓躁、甚至敲門要他放下書本積極參與社務（九十年代中他來
見我，追述往事，不勝唏噓），一九七九年殷同學終於退社，
那是發生於一九八〇年的九二六事件大約一年前的事。神差鬼
使，讓殷乘風躲過了向情治單位誣陷神州的嫌疑。至於因為夾
在功課與社務之間分身乏術、三進三出神州的周清嘯就沒那麼
幸運了。清嘯已故，於他的懷疑、懷恨宜乎以懷念代之，讓逝
者安息。

　　在此要一提的是，魔鬼撒旦，還未「走火入魔」之前原本
是天使，是天地靈氣所聚，英豔動人，豐神湛然，頭上還繞著流金
泛銀的光環。誰知堅土竟是流沙，可歌可泣之種種，一返顧間竟成
了可笑可憫。楊牧的〈完整的手藝〉，以詩人獨特的直覺點出天使
的特徵：「虛幻的全部交給我／現實的你留著」，把兩個主詞對
調：「**現實的全部交給我／虛幻的你留著**」，魔鬼即粉墨登場。
魯迅嘗謂創造社成員是「才子加流氓」，神州詩社的問題是人與
魔的錯位，令人難堪的是三十多年後，在《文訊》的特輯當事人
的文章裡，我看到的是對昔日社友的各種揣測（誰對不起誰？誰
可能是向官方告發、「出賣」兄弟的叛徒？），而不是謙卑的自
責與深切的反省。太多的witch-hunting，太少的soul-searching。年

政治叛亂確實無關。

近六十的人，還重複二十多歲的江湖混混[12]口吻為自己護短、辯說，令我驚訝悲哀，難以置信。人肯定會成長，可不保證會長進。李宗舜在散文集的最後一篇沉痛地問：「大夥兒在阿里山結義相知相惜，奇緣結社，多的是肝膽相照之士，最後為何除了他自身之外，其他的都是叛徒？」宗舜有沒有讀過下列的歷史故事？史達林有一天撫鏡自照，悲哀地說：「十月革命的同志，現在只剩下我吧了。」

李宗舜這些年對神州感情的付出，構成了他心中無以自釋的情結，神話破滅、偶像是假的，社員之間的情誼是真的。反芻往昔，他難以相信過去的輝煌竟是充斥著高潮與反高潮的野史稗官。出國深造、失學、失業、窮病、困頓、顛沛、流離，對宗舜是混沌迷惘的遭遇。七十年代中下葉，因國土分裂而彌漫臺灣社會的民族危機感，神州詩社恰逢此歷史際遇，得享殊榮盛譽，獲得蔣經國親自接見，集團成員三百餘人，身為集團第二號人物的李宗舜，他的老二哲學（或沒有哲學）是前面掛個「忠」後面吊個「勇」字，以義開道，衝鋒陷陣，由於不夠陰鷙機敏，雖立功無數，但分得的權力紅利不多，與他的二當家身份簡直不成比例，許多時候他扮演的還是個「隻眼開隻眼閉」相當困難的緩衝角色。宗舜的戇直使他沒去多想權勢的問題，他不讀《資治通鑒》，不熟諳傅科（M. Faucault）所言「歷史上各種精密的權力儀式」（meticulous rituals of power），他耽於當下的happy hours，捕捉每次聚會帶點不安的興奮喜悅，由於每篇散文均寫

---

[12] 參閱溫瑞安的網絡文章《溫心秘笈23》：〈鄙視我的人太多了，還輪不到你！〉。

成於詩社活動之後，他拼湊的其實是記憶的碎片，往事並不如煙，而是彌漫著霧樣的哀愁。每篇散文都似乎是他的詩作底後設篇，包括追念葉明、清嘯的悼亡篇章，都有一種要把時間留住、把眼前的歡樂美好無限延續的慾望，那就成為作者的獨特風格。

潮洲莽漢曾經是憤怒青年的李宗舜，其散文是陰性的，柔婉抑且是感傷的，他對「聚義堂」、「試劍山莊」、「絳雪小築」、「黃河小軒」、「長江劍室」、「路遠客棧」（盥洗間）、「見天洞」（地下室）……念念不忘。這些把住院情境古代化、武俠化、陌生化的神話道具，是神話系統建構的「附屬物」（paraphernalia）。葉慈（W. B. Yeats）詩中的神話體系喜用的附屬物是「漩渦」（gyres）、錐體（cones）與各種「超自然物」（supernatural），詩人在藝術的天地裡建構他的烏托邦。馬奎斯（G. G. Marquez）《百年孤寂》（A Hundred Years' Solitude）的馬康多村，也是文學的創造。在真實生活中創建烏托邦，經營策劃，因應時變，攫取聲名，終難逃傾頹的宿命。摩爾影響了二百五十年後的馬克思，寫出他改變時代的傑作《資本論》，但他提出的共產主義的私產佔有，並沒改變社會貧富懸殊的現象。人性的醜惡、自私、貪婪和權力的慾望架空了黨的理想，與資本主義的大魚吃小魚，九十九步笑一百步耳。烏托邦的浮誇，結局是夢醒後的幻滅。

我相信人有直覺或第六感這回事，即使在不知愁強說愁的一九七七年，李宗舜的惘惘神覺已感到好景不常，他筆下不自覺地流露某種不祥的預感，證之於〈相識燕歸來〉的一段抒寫：

每次從天橋回來，都是午夜一兩點鐘，我們常常駐足在拐
　彎處的一間小麵攤店吃最便宜的宵夜。晚上天涼，吃了一
　碗熱騰騰的陽春麵，身體也暖和起來。到了馬路對面，
　和瑞安及娥真揮手道別，微暗的龍泉街，我們走過一攤
　攤的空架子，小販們已經回家了，燈火也全熄了。還有
　一排排矮平房，飛簷盡是灰白的顏色。

　　末節沒來由的悲傷，似乎預告未來的黑暗，點醒當事人飛簷
風化成灰白、時間磨損的力量。地理空間在改變，時移世易、人
事全非的鄉愁，是宗舜散文的主調。宗舜對詩社昔日榮光的追記
與對社友的緬念，使創作與創傷互為表裡，壓軸作〈烏托邦幻滅
王國〉予人歷盡滄桑，咀嚼生命的甜酸苦辣之感。

　　溫瑞安具備領袖人物的「偏執不屈」（intransigence），「神
州神話」破碎數年之後「自成一派」在香港現代武林崛起，成員
仍以「當家」分等階，溫巨俠不旋踵重現兩岸三地。李宗舜在散
文中不斷提起他對臺灣詩壇與詩藝的朝聖心情，「有詩陪伴才不
會寂寞，才不會遺憾。」、「詩心成為快樂的泉源，有詩不會寂
寞。」「詩心燎原，對詩神無盡愛慕」……的告白，反映他對詩
近乎宗教家的「自認正確」（self-righteousness）。奇怪的是他
對自己的散文似乎毫無信心。我的看法是詩人寫的散文不可能差
到那裡去，宗舜佩服的余光中楊牧即是佳例。因句生句，因意生
意，借物起興，暈染衍異，把寫詩的本領用在散文的敷陳上，成
果肯定可觀。宗舜日後的散文創作不宜耽溺於神州記憶，神話與

笑話，希望與虛惘，語音何其接近，內涵又何其迥異。宗舜如能汰虛課實，卯酉上下班之際多留意周遭的人物人事，當能強化作品的社會性、思想性。這世界充滿美麗與狂暴，陽光底下多的是可以銘記甚至批判的事。

　　少年子弟江湖老，作品才是長青樹。

2011年11月25日　怡保

溫任平簡介

　　溫任平，曾任天狼星詩社社長，馬來西亞華文作家協會研究主任，馬來西亞華人文化協會語文文學主任，推廣現代文學運動甚力。曾於一九八一年與音樂家陳徽崇策劃出版國內第一張現代詩曲的唱片和卡帶《驚喜的星光》。著有詩集《無弦琴》、《流放是一種傷傷》、《眾生的神》、《傘形地帶》（華巫雙語）、《戴著帽子思想》，散文集《風雨飄搖的路》、《黃皮膚的月亮》，評論集《人間煙火》、《精緻的鼎》、《文學觀察》、《文學。教育。文化》、《文化人的心事》、《靜中聽雷》。《大馬詩選》主編、《馬華當代文學選》總編纂。二〇一〇年十月獲頒第六屆馬來西亞華人文化獎。

烏托邦幻滅王國——黃昏星在神州詩社的歲月

第一輯

下午的故事

（1974-1975）

下午

　　大白天的太陽，暴晒得整條柏油路都擠出油污，散發著黑亮。車站前、馬路旁，許許多多搖動的頭顱，在那兒伸縮；等車的等車趕路的趕路，好像坐在鍋貼熔爐旁，汗水夾背的身軀等待烘乾。

　　終日無風，早上太陽一爬上山頭，直到中午便無端的悶熱，那氣息逼得人快要發瘋。

　　過了下午兩點鐘，藍藍的天空就開始起了變化，烏雲殘留了一片陰影，日頭時隱時現，也許這時會下起一場雨，使天氣涼快些，卻仍然乾悶得要命。擾亂多時而趨之不去。

　　市中心一帶，不管天氣多煞風景，街上還是流動著許多人，進行一次沉默的遊行。他們忙著約會、看電影、逛街買東西。尤其這是假期的第一個週日，女孩子撐著小陽傘，三三兩兩慢步走過天橋，把所有十字街口的燈號提早遺忘，到熱鬧的街市去。男士們也不想正面去面對上空的毒太陽，於是：廣告牌下的巨影，店鋪前走廊上，這時都成了他們蔽涼的地方。他們一面走一面瀏覽商店內琳瑯滿目的貨品。所有的商品，幾乎是陳設給人觀看的，店主木然地站在門口，也不招呼，也許一切都是以展示為目

的，他亦不在意路人購買他的東西，任你看個清晰，任你千挑細選，他依然無動於衷那副表情。

在戲院街一帶，趕著看電影的人，為了消遣一個炎熱的下午，他們去看最賣座的電影首映，擠壓在人群中排隊，等到戲票到手，遠離人群，自己卻差不多擠成條半生不熟的魚，在沒有水的池塘匍匐，長長的烈日白畫，特別令人心躁，這兒街上人潮遠比往日洶湧。若此時飲料和水果漲價，眾人還是豪不猶豫地往冰果店裡鑽，涼快它一個下午再說。

儘管人潮移動洶湧，在市內最大的一間百貨公司對面二樓茶館內，依舊坐滿著許多客人，他們斜靠藤椅上，看電視節目、交談，有的蹺起二郎腿聊天，有些在走廊長桌上下棋，把下半生交給棋局。同時喝著下午茶。

下午茶，對這一群人來說，是一種最好消磨時光的東西，一杯滿滿又熱又香的濃茶，舒緩地一大口又一大口吃進肚子裡，盈滿的杯子中等茶水漸漸少了，時間也靜悄悄的流失在風中。茶樓裡品茗的人雖有著不同的背景，但此時大家的心境卻那麼接近，好長好長的炎陽午後，時間無處打發，他們和這鬧市的人潮隔得極遠，兩個不同的世界，靜態和動態的情趣，被一面牆垣隔離開來。

來這小樓喝茶的人，是常客的緣故吧，熟識後在這兒遇到三五知己朋友，可以無所不談，不管是家常瑣事，或是天下大事。有人說：在年輕的時候，如何手無分文，從唐山獨身來到了南洋，一條破褲子和一把鋤頭，憑藉幹勁把這一帶荒原深山開墾成了良田，如今這地方遂變成市中心，語氣中充滿了讚嘆。又有

人說：二十幾年前他親睹日本鬼子在這座樓下（當時這一帶是廣場），殘殺著我們的同胞，然後把所有的屍身都坑在這廣場下面，上了年紀的有人記起，新一代開始淡忘。何況是街上的人群，他們更不會想到這裡曾是個殺人的屠場。貼著靠窗的那人嘆口氣說：這年頭，很多人上街吃飯，甚少想到道路是如何鋪成，米飯從哪兒得來。他們滔滔不絕地天南地北，一個接一個，整個下午的茶水聲勢，一個悶熱而無風的下午，那股激情和憤慨都是茶色的，又苦又濃。

現在，街上的人群，卻依然潮水一般，在茶館下蠕動著，看來只是隔著一條街，依著天橋，樓上樓下拼貼成強烈的對比，樓上品茗的人，悠哉閑哉的在和時光徒步競走，他們在這冷清的館子裡耗去了一個下午，奕棋、交談或者在走廊上恬澹的看天。是習慣了在每天午後，從不同的地點來，找到自己慣用的椅子和茶杯，等店主來替他們泡茶，記憶和時光依託在此；在相隔著一條街的馬達車聲，人影浮動自上游至下游，皆止於觀看和欣賞，而沒有參與和評斷。他們的嘆息和惋惜，往往也在茶影中導引開去。

因為茶樓小，倒茶的老闆也是身兼二職的伙計。許是經過長長與茶水分不開的時光，從他瘦長的臉龐中，可以看出一些濃稠的倦意，極其單調的流露自眉宇間，他忙著四處招呼，陪客人們渡過一個熱鬧的下午，幾十年的泡茶生涯，他從沒埋怨過，而他深深的知曉，來喝下午茶的這一群人當中，多半是老年人，他們雖無所事事，但有些人依然充滿期待，就算茶館再小，也自成一個天地了。一杯濃茶，陪伴著他們渡過了一個平靜下午，像

棋局中的過河卒子，老死時才明瞭各有所依，彷彿在燈末亮起前，總是有些牢不可破的印記，從他們內心深處閃過：雲霞、故鄉、燕群。

　　那時刻，整個城池更加湧動著人群，從上游來，浪花般滾動到下游去，從此不再回頭。顯然一切風光都是供給觀看和展示，城市以此為中心，展示著各種不同面貌和物品，人群集中到這裡，然後分散到各個不同場所去。然則這座茶樓，位於鬧市熙攘人海的一角，目睹黃昏來時，街燈霓虹通明地閃爍。午後小茶樓的人潮漸漸的稀疏；留下一棟空樓，幾個杯子，走廊上棋字錯亂，層層疊合及濕濕的葉片沉澱茶壺底下，告示著時光不斷流失，幾番心思，相望無語，滿盤落索。

1974年　美羅

故事

　　風暴過後，雨後初晴那種祥和、平靜的景象留住記憶，很美。經過了重重的打擊，每一場的風波，而你，的確已經掙扎出來了。這些日子，你始終無法忘記，那些發生在你身上的故事。故事。故事。故事。你始終擁有如此多，美麗也有，不愉快更多的故事。

　　你在風暴的旅途中唱著一支很長的歌兒，歌聲裡充滿了浪疊、離愁、心願、悲傷及你的嚮往。你不停地哼唱這首歌，拉著沙啞的嗓子。旅途中有清新可愛的場景相伴，悠悠的綠水青山，你的心懷為之暢快。旅途中有好多好長的坎坷路，陣陣的風暴驟雨和廣濶的泥濘地帶，你必須經得起打擊呵已經是雲飛霧散的時候。你在遠山眺望，看旭日一直輝煌到落日西山的昏黃。你在冷冷的夜裡寫你的長詩；分享月色的清亮，夢裡祈望理想的實現，實現吧！旅人的心願。

　　當你獨個兒走在冷風和沒有喧嚷的夜裡，追憶往昔的日子，正好把這些故事一一記下，記在心裡，記載於遙遠的想望中。一整夜你坐在小小的斗室裡回首往日，或者跑到月光下陪伴著星星，吟詩，寫詩，鋒芒的筆尖和敏銳的思想就是你浮沈的踪影。兩年了，就這樣兩年便過去。曾經有多少個故事發生及降臨到你的身上，你在惡劣的環境中掙扎，不願受任何環境的支配；你絕對不願。

　　人活在世上如果向環境低首便是弱者。你甚至不斷的去改造你底命運，設法得到樂趣和存在的意義，你承受別人所沒有的痛楚。你深深的了解到，海鷗是怎樣在堅毅和在茫茫的大海中求生存，尋找方向與歸宿。它會對現實和風暴說：「來得更猛烈些吧，暴風雨！」。你也知道，雖然乾燥的沙漠是不允許微弱的生命立足，但是仙人掌，它瞭解必須孤獨地活得像自己，活得更有生命的尊嚴，所以它必須在沙粒之間爭取一點一滴寶貴的水份。它任由狂風砂摧殘，任人一次又再一次的把它連根拔起，雖然是件很不容易做到的事，但能夠活得比仙人掌和海鷗更堅強確是一件好事，它證實你已戰勝一切。在感性生活中的你，當一切向心靈迫壓的打擊越來越深、越多貝多芬的命運交響樂便在你底意識裡響起；就在那個時候，你想起海鷗及仙人掌。

　　難忘的第一個故事，是兩年後的今天發生的情節。你無法形容，你無法告訴自己，在期間，你是扮演什麼角色！你只知道這個故事裡的每一個情節的發生與進展，對你這一生是多麼的重要。在這一段不長的日子裡，你開始發現，真正感覺自己存在的意義，活得像自己，活得更有活力。正當你已步入文學創作的途徑中，向藝術那深奧的境界探索也同時被藝術感染時，你底心靈不再感到空虛了。因為有詩，便有了情感的抒發與吐露；你始終感覺到，雖然詩並不是一切，但她卻是一種能代表你說話的藝術。能夠活在詩潮澎湃的日子，就算活得再痛楚，也是心甘情願。

　　其一你是受到好友瑞安的影響。他不斷地鼓勵你寫作，且容忍你的無知，雖然中學初二那年你就認識了他，也曾經在他主編的《綠洲》期刊寫過文章；可是當時對文學的興趣並不濃厚，只

是塗鴉寫寫而已，也不夠認真和熱誠。看到同學們狂熱地創作，你也提起幼稚的手，寫起天真的小品來了；那時你只知道旭陽好美，絢爛的太陽要等落日，很長，月亮好圓。你不知道怎樣才算活得有意義。你無憂無慮，你天真年少不懂事。

　　真正進入創作的旅途是獲取初級文憑考試後，當你被迫轉到山城的一間英校就讀時的事了。你發現這一所中學的圖書館連一本華文書籍也沒有，更不用說看華文報了；這是文化悲哀，還是冥冥之中已然有了安排？難道你真的眼巴巴看到自己的文化生命在此地消失嗎？不會的。不會的。於是你看到瑞安不顧一切地在堅持他底信念，給外在的壓迫以更大的還擊，他繼續出版《綠洲》期刊，你看到《綠洲》第七、第八期仍然能夠在種種的挫折和嘲笑中出版，心生欣慰。你開始更進一步的了解他，一個十三歲就決定把生命獻給藝術的耕耘者，在異地的層層陰霾裡，仍然不屈不撓的去做出別人認為是「傻」和「不現實」的事情。以他所有的力量去影響他的朋友，把他底光芒照亮那些還沒有得到光芒的人們。

　　你的開始就在這個時候萌芽。有一天，是那麼巧的一天，當你看完了《綠洲》第八期，有感而發便寫下一首詩，並把這首詩拿給他過目的時候，他突然目光灼灼得看著你，告訴你：「你已經寫了一首好詩，或者現在還不知道，你很有才華，以後希望你能多寫。」瑞安對你的期望使你邁入一個新的開端。

　　這便是開始，幼稚的開始，無知的開始，很有意義的開始呵創作旅途的開始。

　　直到有一天休止符、余雲天、吳超然等也開始創作，也對文學燃起狂熱之火，你發現瑞安不再一人獨個兒岑寂，他時常和你們議論文學，深入地共同探討現代詩。雖然在荒漠，雖然頭上籠罩著陰霾，大家卻嚮往幾千年文化的榮光。當你接辦《綠洲》及決定執編第十期時，瑞安興奮的給予鼓勵，他對你的期望終於實現。況且，你是第一個接辦《綠洲》期刊的人呢！以後的日子你開始對創作有所要求，你不能如此渾渾噩噩地活下去，你的醒覺反引來了朋友與家人的訕笑，甚至是最親近的人。不過，詩已融入你底血液裡，你能夠在挫折和圍擊中不斷的尋找生活的樂趣。你既然決定與詩為友，就必須經歷那漫長的離群。在與繆斯結伴的旅途上，追求生命中最重要的開端。你樂以把自己當作最孤獨的旅人，日夜與詩結伴，日日夜夜尋覓你的方向與歸宿。

　　活在寫詩的日子裡，你一直感到充實和美好，你狂放，那些留連在那狂熱的、詩意的時刻呵多麼令人回味，雖然痛苦，但你並沒有後悔，因為活在感性中，當有了純情的表露時，你才能真正享受快樂和痛苦的滋味，你才能去愛世界上得不到愛的人，就算是活得更苦一些，也充滿趣味，苦盡甘來。

　　其二，風波無盡捲起，日漸的降臨到身上，惡劣的家庭環境壓力逐漸加重。你知道你必須堅強，像海鷗及仙人掌。你對自己說：打擊不只一次到來便停止，交戰不止一次便完結，你必須全力以赴去應付這些長期的冷戰。

　　中學五年級那年是最不好過的一年，家庭的負擔必須由你共同幫補支撐，哥哥反對你再繼續唸書，但是你還是堅持全力去爭取；你也不需要家人經濟上的支持，放學回家以後便到田莊去幫

忙農耕，直到天黑不見落日才歸去。這是一段掙扎的日子，一串詩意濃稠的日子。能夠在圍困重重清醒和不屈地活著才是最重要的。家人反對你寫作，以前最親近的朋友一個一個的疏遠你，但是你從來就沒有後悔過；你寧願與詩為友，也不願過著漫無目的的日子，你寧願像海鷗，在茫茫的、危劣的人海中追求你底理想和前程，你不該讓風暴毀滅了去向。

有一天，當你發現你的朋友離你越來越遠，甚至有一天，當你環顧周遭，卻發現無人伴著你的時候，寂寞，便是你的名字。

於是你就帶著工作後疲乏的腳步，徘徊在田園的小徑上，任冷風把髮吹得飄揚，你唯一能夠傾訴的只有向風、向雲、月亮及星星。至於瑞安及那班知心朋友因住在美羅山城不能和你時刻在一起；他們和你遙望著一座高山。你只好在新村的夜晚向風中走去，你要在風中找到真理、以及答案。你仍舊在唱著那支很長的歌兒，直到忘記煎熬，忘記一些不愉快的往昔。於是你告訴自己要回去創作，把苦楚和鬱悶在夜深人靜時與繆斯對話。

那年已過去，寫詩吟詩的日子有了傾訴的對象，時刻相伴。當你聞到清新的氣息，當太陽將所有的陰霾和多餘的影子都殺死，你樂於看到：另一個世界在你的眼前升起。

你很早就有著這樣的打算，既然家人不能供你讀書，你就出來外面半工半讀吧；你明知家人的反對，但還是想盡辦法爭取。你要走向一片美麗的園地，祈望你的嚮往在那片土地開花結果，你告訴朋友，你將在不久之後到山城來住下。終於從家的門檻闖了出來，在摯友吳超然家裡暫時住了幾日，那麼巧的又是臨考劍橋文憑的時候，你眼看自己放下創作，痛苦地放下奔騰著的思

緒。放學了，下午和晚上的時間又得花費在教導學生的補習上，可是你覺得這樣忙是值得的。

忙中取樂，時間的確太短促了。你緊緊地抓住時間，一刻都不讓光陰溜走，希望一天之中有四十八小時那那麼長，等著你去做的事實在太多了，你決定不再回到家裡，要在外面找到一份工作，你知道回去只有把你的一生埋沒罷了。而這便是考試以後的事。

可是啊可是，考試後你便告失業。但你並沒有為了這些事而難過，打擊，打擊迎面而來背面而來左右迎來的打擊，家人叫你回來你一定要回來考完試一定要回來，而你反而沒有這樣做，你頻頻地告訴自己：現實，你是絕對打不倒我的。你寧願在山城派早報，也不願回去，何況你還有工作，可以拿錢回家幫補家用呢！派早報只是暫時的糊口生計。在這種處境下，你和家人的親情已經像一條拉滿欲發不能的弦線，進入無法挽救的地步了。你在無望中還渴望與家人不至於鬧得如此不快，但家人不了解是肯定的，你再解釋也是無濟於事。你每一次回家都受到冷漠和輕視的眼光，看到哥哥那副不能原諒的臉色。思路紊亂的你，無法控制你的情緒，你想得很多想得很遠，你這次是否戰勝？海鷗，你的路途太崎嶇了，你是否能戰勝，這一場難以應付的苦戰？

逆流的日子層疊的到來，不愉快的事屢次發生。吳超然的家因其他原因不能再住下去，但是你也不能失業也不能沒有安定的住處。你的同學知道了這件事，到處替你找一個能容身和適當的地方安頓下來。而慶幸那時廖建飛替你找到了「黃昏星大廈」。你感謝你的朋友，在你最艱困的時候給予最大的安慰與幫助。

那是一間簡陋舊屋，用來收藏古舊的機器零件。主人是一個善於助人的長者，古屋已空置多時，偶爾屋主也會回來巡視。新環境，新的生活也開始，一切尚未安定下來，期間也荒廢了寫作，情緒是一片紊亂，你折磨自己，強迫著自己去面對現實。剛搬去住處的一些日子裡，你無法控制感情和思緒。深夜一片寂靜的時候，你在黝黑的、被蜘蛛網爬滿的天花板下苦思，盤算著往後的日子，以及那未知的將來。

當人們已沈睡的時候，你便獨自踱到古屋門前的空曠沙地上來回的走著，你垂首；總愛緊皺著眉頭，你仰望長空，星星是那麼遙遠，月亮是那麼淒切，你看到滿天的星子點點，正各自發出一點渺小的光芒，但這已足夠了，一個人只要能發出像一顆星子的光亮照耀他人，已在世上不算白活了。夜色茫茫，正如你感到無限的蒼茫一般。為什麼不能再提筆創作！不能寫詩的日子比全然失落的感覺還要可怕。你走著，你只穿薄薄的一件襯衫，顫抖的手想抓住些什麼，一些好像已經被拋棄在後頭的東西。

打擊可以，痛苦可以，黑暗也可以，就是沒有詩的日子絕對不可以。

哥哥不斷叫你回家耕種，他甚至來過山城找過你。回去快回去。不回去我絕對不回去。你告訴自己：你是不能回去的，你要和詩人們在一起，你要在黑暗中尋找光源，照亮自己，燃亮其他的人。

每次抽空回家的時候，你都得到同樣的打擊和不被諒解的冷漠對待，每一次你都聽到回來喊著你回來的聲音在四週響

起。回來你一定要回來，家裡有很多工作等著你回打理。你能說些什麼呢？

　　深夜你步出「黃昏星大廈」的門檻，步伐搖晃，你踢著小路上的碎石子，你的髮絲散亂，你自言自語地走著，你狂笑，你的記憶在風中飄揚，你蒼白的臉在抽搐，你感到那條被緊緊拉住的絃絲欲斷，你心裡陣陣悲痛，你拉高嗓子唱著那支很長的歌兒，不愉快的歌兒。

　　於是有一種絕望的念頭自腦中一閃而過，你突然一陣暈眩，好像一柄小刀刺入小腹。驚醒後才發現，那只是一場夢魘而已。三島由紀夫認為自殺是一種美，一種美學的完成；而你，的確還沒有到絕望的時候，開懷的笑吧！少年，你應該活得更快樂些，等著你去做的事還多著呢？當你展現才情與理想的時候。

　　把不愉快的記憶拋在後頭，走向美好，少年。昨晚午夜夢醒，眼前出現許多片斷的故事，若隱若現的，你看到一些美麗的影子，還有一片陰霾尾隨，那些難忘的記憶。你仍然看見自己在唱著那支很長的歌兒，美好或不愉快都難以忘懷。你拉著沙啞的嗓子，是苦痛、離愁、心願及悲傷在完成你的理想的追求。你不停的在高歌，直到血跡完全乾涸時，就淡忘吧！或者那愉快的，那詩意的日子即將到來，就讓這些故事，像氣體，流落在雨中，飄散在風的後頭。

1974年2月15日　美羅

離情

　　走過長街，突然忘記這條街名和路向，也許，善忘的我在想著最後一條街道。

　　那個晚上，我們從中華北路走回館前路的臺北車站；本以為一定會走對地方（我已走過數次），可是當我們從中華北路的叉路口拐了一個彎，走向另一條街道時，就始終分不出臺北車站在何方？大家走了一大段冤枉路，心裡確實不好受。不知道為什麼，在前一天，我也同樣地如當晚走錯了路，可是為什麼我仍在重複著這條陌生的街道呢？也許這街道對我而言，在心目中已經熟悉起來，所以一直重複同樣的錯誤；在這段日子裡，我只感覺到：我是一個迷失了方向的人。

　　在人生短短的幾十年歲裡，有多少件事是值得我們懷念及回顧的呢？我們根本不知道有多少，也許太多了，多得無法計算。我們在旅途中不停地遙望著，不止是一片理想中的夢土，更重要的是情誼，在延長著探望的旅程。我們都有家，曾經溫暖過我們的脈搏，血液灌溉那條長長的河道，不論他鄉或者天涯？兄弟，看你獨守在千萬里外那座寂寞的城池，想我也面目蒼黃，我們的歌不純粹為流浪而唱，也不因痛苦和傷感而悲嘆，一條古老的記

憶江河在異域的州界上流過，帶走天上的瞬間雲彩，翻滾著一頁頁耐人尋鄉的日記。

　　如今，我們已不可能只限於馬來西亞一地的州界之分，而是一座大海，隔著山和樹，河與岸。去追尋我們的理想。兄弟，有一天你還年輕時，就不妨年輕地奉獻吧，只要我們真的去實現，縱使是那麼遙遠的夢土，將伴隨這片土地一起遨遊島嶼，從山川到平地，鄉鎮到都會。

1975年2月5日　臺北

夜歸人

　　遠在山頭墳場另一邊，太陽下了山，步入另外一處陰僻的世界，帶來了一陣變調的黃昏。忽有雨點落下，時正夏日，難得清爽，連路上厚厚的煙塵也任意吹起，撲面狠狠的，更難得清爽的，是行人匆匆的臉色。

　　雨後黃昏，路面像剛洗刷過的車輪，雖舊猶新，緩行散步，心中一片清脆嘹亮。一架航空客機飛過，載著商旅，從一個起點到另一個地點降落，中間間隔只是一條線，其實是兩道黑煙，掙扎的在拉長，到了看不見時，這些機艙的旅人終究要他鄉作客，揚長而去。

　　隨後，黑夜帶些薄霧挽手來到，它像舞臺的背景，朦朦朧朧的，隱隱約約的添加些白天落失的異彩。燈亮起，夜市場的人海，五花八門的百貨商行、物品無奇不有，戲院開始要上演轟動一時的電影，在這些燈紅酒綠的大街小巷中，人們酷似點綴的衣飾，漫漫長夜的赴約，用彩色的眼鏡，看潮濕的街景。

　　夜深了。所有鬧市的聲息都像剛放過一陣鞭炮般，剩下一些紙屑、垃圾；或像散場後的空位子，觀眾只想知道，劇情如何終結，很少關心自己坐在第幾排，哪一張是自己坐過的位子。

　　現在，臺下的位子和臺上的灰白布幕兀自在對視，默默無言。夜深了，深得連腳步的節拍也感慨單調的輕重。幾個青年人走過，談笑風生趕著回到他們的公寓，房中的燈在等他們捻亮，房中那面鏡子，想用寫日記的筆，把鄉音寫成一首高揚的晚歌。

　　今夜，或於千萬年後的今夜，有一群人，深夜在踢踏著腳下的長路沙石。忽然聽到走在前面的人說：「空氣真新鮮，一定是下過雨，難得。」，後面那個身影有點駝背的青年接著說：「黃昏時下的雨，那時我在天臺，看見一架飛機，飛過雲霄，如果我們能搭乘那飛機，隨著煙雲回去，有多好！」

1975年3月27日　臺北

前程

　　來到臺北，正是秋涼天氣，臺北盆地有時還帶著些微侷悶。來到臺北，正是十月天的細雨霏霏，灰濛濛的一片潮濕大地。在白天，去面對高聳入雲的建築和建築陰影下的彩色廣告牌，夜晚燈火上市，五彩繽紛，叫人想盡辦法逃避繁華，一次匆忙的約見，歲月有些晦澀，陰暗。

　　我和瑞安、娥真及雁平第一次見面，是在臺北旅社，沒有人來接我們，也沒有熟識的人。第二天一大早雁平南下屏東農專註冊去了，剩下我們三人，開始去習慣臺北的車聲人影的來往穿梭，半個月下來，我抱定決心帶著觀光簽證，報名建國補習班，瑞安及娥真暫時有個安定的所在：租了一間房子，在羅斯福路三段。為了要考進大學，我暫時把大部分時間放在功課上，一個星期和他們兩次會面，心中一直在探詢家鄉的是否捎來音訊。

　　開始來到臺北，我和其他國家的觀光客一樣，雖一心一意要考聯招，也一樣只允許逗留一個月時間。如果還想再留下來，簽證要補辦一個月，這一個期限到了，就必須離開。在大馬辦理觀光簽證，各部門機關百般刁難，使得本來於九月二十九日能和大家同行的我，變得孤單一人，在農曆中秋夜晚，趕搭長途火車南下新加坡辦理出境手續，整夜月亮圓圓懸掛在清冷的天邊，淒

風陣陣刮進窗來，那時身心多像吊在空中的物體，一方面牽掛著大馬的詩社和家庭，一方面懸念著已到臺北的兄弟，交錯的心情如火車的時速和風景匆匆錯過，好像一切都那麼遙遠，在火車上長夜漫漫渡過中秋，生平第一次在車廂北望美羅，伴隨著冷風南下，如飲苦酒。

　　來到臺北，我既沒有一張可依憑的長期外僑居留證，亦無學籍可以進大學，連旁聽踏入校門我都怕被拒絕。眼看著瑞安、娥真及雁平等已經註冊入學了，我還是一無所有，於是決定要好好打拼一段時日，不管考進哪間大學，好歹學籍居留不成問題，可以一起和他們在校園闖蕩天下，而在寒風多雨的臺北，獨自在館前路補習班宿舍，惡補高中三年的課程。每一個課程都是一個沉重的開始，像歷史課，從遠古到近代，當觸及近代史，整本書都翻了臉，改變了原來美滿的面貌，不認識自己似的。

　　那一役一役的對外戰爭，割地賠款，不平等條約的簽定，中國開始淪為殖民地。然後孫中山先生創導革命，熱血漢子犧牲了性命，最後成了烈士，在黃土中成為七十二塊沉重的碑石，民國建立後，軍閥作亂，北伐成功後，日本鬼來了，八年抗戰勝利後，國共交戰。近代史宛若一雙沉重的鞋子，向逆流的方向轉去，前面是急灘，在地的每個人都須有面對整個現實困境的勇氣。

1975年　臺北

無限想念

　　每天，手上總會提著一個從千里外帶來的皮包，那皮包裝滿了課本和講義；伴隨著寂寞的步履，從宿舍到六樓的班上，有點沉重的去上課，去面對新的生活。

　　這些平凡的日子，總會走上兩三條熟悉的街市，有時甚至不止一次，多次的往返在記憶中疊起，遂又從歲月中抹去一道深深的長嘆。

　　若說冬天會如此冷仍是因為別離，兄弟，平靜的日子終不是咱們所擁有，一聲呼喚，在天涯海角，什麼都無從傾訴；倘若我一再向你細說，你會不會以為：只為一個離別而傷感？

　　我喜愛那匆忙得如同趕路的日子，也許感觀強烈，靜默無從撩撥生機，但我喜歡那靜得美如死水的蒼涼。現在的日子，過去的往事，將來的年歲，每次走過的長街，在此落腳似早已有了約定，而且還要相守下去。

　　每回走在返回住宿的街上，總是在想，咱們留存了許多講不完的故事，也有許許多多無休無止的悲歌，正如以前從未經歷過的事情，現在一旦攀上心頭，宛如一片落拓的黃葉，在風塵中蕭瑟的飄落。

　　來到這嚮往已久的國度，所謂憂傷和興奮的印記，再陌生也變得熟悉起來。兄弟，不知道為什麼，每一次提起筆寫信，心中籠罩一層濃濃的霧氣，等到長信寫完了，霧色已溶成一滴滴的水花，等筆觸烘乾，祝福和懷念就遠隨信紙飄搖流失。

　　每一次想起別離和相聚，就恨不得立刻走入相簿的山水中。那些活潑的憧憬，一幕幕展讀在眼前。想不到臨別前寫〈最後一條街〉，如今卻又似曾相識，來到日夜守住留連忘返的，那最後一盞街燈，伴隨許多腳步聲響起，又瞬間消失在風雨中。

　　在這個動亂的時代，我想咱們所要表達的體裁已夠矛盾了，重要的是如何在最矛盾中找出最真切的一面。離亂，蒼勁最終將成為最佳切入的主題，一直不停抒寫到往後數年的光景。

　　兄弟，咱們分別後，除作騷人墨客的懷念，還有咱們遙遠的家鄉及詩社。在歷代的作品中追溯，尋覓每在邊疆外守候和思戀知心朋友和親人，或許他日重逢，人生已過半白，塵埃更加厚重。

　　每一次深夜燈熄以前，我總會呆望那圓形的燈泡一陣子，寂靜最令人無法入眠，一杯濃茶，直叫燈火照明，生命的甘辛酸澀，心事層層疊起。

　　有些時候，發現自己開始不想再寫日記，甚至抒發自己的情緒。每一次獨行，總覺江湖劍客稀少，寒劍出鞘亦把持不住心中的陣陣刺痛，像在冬夜披上棉襖，北風那麼不懂世故，只顧狂烈的兀自吹拂。

　　這年代，每一段伴著咱們遠去的步伐是那麼珍貴。什麼是等待，什麼是守候，什麼是祝福，糾結在充滿無奈的等候終有了期

盼，糾纏在一起，縈繞著夢魂，既然來到這裡，就有勇氣接受孤寂的守望，懷抱歌聲清唱，在遠古，在現在，在冥冥中的將來。

1975年4月8日　臺北

相去千里的風雲

　　有一支歌，現在你把歌名給遺忘了，但其中的涵意是這樣
的：有一個人，曾經對他的朋友說，他要到一個很遙遠的地方，
去尋求自己一生的理想。那人到遙遠的另一個地方去，將要離開
他的家鄉、他的父母和兄弟姐妹；像一隻孤獨的海燕，四海為
家，任他翱翔、流浪……

　　是的，就是這首歌，深夜聽來格外淒涼，可是，當它在電視
螢光幕上從一個歌者的口中唱出來，對一個有了安定的家，每天
在家裡看電視節目的人來說，是起不了多大震撼力的。這支歌，
第一次聽到時是在兩年前的一個夜晚，在記憶中，這是一記深沈
的傷痛。那時候，大家為一位兄弟遠離詩城舉辦餞行會，無數的
驪歌在大廳不斷地響起，以前的歡笑，現在笑起來則帶些離愁的
滋味。

　　滿座的江湖劍客，為一個目標一個理想一個榮譽而默默奮
鬥，在一個充滿詩意的山城，在一塊有著多種語言的土地。如
今有人要遠離家鄉，滿座的人影，除了在紀念冊上寫下說不盡
的寄語，酒後的千頭萬緒，依依便是不捨，隔著兩地就是要人
相思懷念。

二十世紀末年這離亂的江湖，多的是一些不平等的荒涼事跡，要深刻體會人生，除了自己實際地在這崎嶇的道路上尋索一種更高層次的追求，便沒有什麼比這來得更有意義了。所謂四海為家，家在何處？很多理想是不是能在一走之後尋找到？感情是天荒地老，唯一的嚮往是浪跡天涯。酒瓶的身世悲嘆：當人們把盛滿的烈酒喝完後，便會無情地把你拋到海裡，任其漂流。

　　所以空虛永遠無法填滿歡笑，漂泊的日子，更是不安。沒想到兩年後突然聽到這支歌；在這遠方的城市，是即親切又陌生。

　　一個清晨，惺忪的雙眼被朝陽的光圈驚醒，昨夜無法入眠，是以醒來趕路一般的疲乏。那支歌，從宿舍的隔壁小窗口傳過來，歌聲淒切如冬風冰寒，在唱著什麼年代，吟唱那一個人底心聲！像季節一般地改換了人生歲暮，又不著痕跡隨處穿梭。

　　打開窗戶望向遠方，被風雨吹打過多少個世紀的街道，此時正好趕上早上的晴朗天色，一樣屬於昨夜的冬天，只是季節的風景在時間流水般瞬間變調，一個朝代又一個朝代傳承下去。你不曾想過，這座城廓將成為你以後棲身的住處，但既然來到，最少是追尋理想的目標，選擇的美麗是在於一切都是未知和期待。等南方的家書，兄弟的長信，詩社的消息；相聚是流離。詩人鄭愁予詩情婉約而語意深遠，淡泊中常帶著傷感，他在〈鄉音〉裡如是說：

　　　我凝望流星，想念他乃宇宙的吉普賽，
　　　在一個冰冷的圍場，我們是同槽拴過馬的。
　　　我在溫暖的地球已有了名姓，

　　　而我失去了舊日的旅伴，我很孤獨，

　　　我想告訴他，昔日小棧房坑上的銅火盆，

　　　我們併手捬過也對酒歌過的——

　　　它就是地球的太陽，一切的熱源；

　　　而為什麼挨近時冷，遠離時反暖，我也深深納悶著。

　　詩音甚遠，唯合上書頁；赫然發現自己在一個時代的洪流裡，照著一面蒼白的鏡子；然而，自己似在講故事般，一個故事編織過後，新的架構便在另一個故事裡組織起來。詩人最後一句詩的矛盾語言，正道出他內心的一種無法壓抑的內在衝突。

　　世上要納悶的事情太多了，而挨近時冷和遠離時反暖的種種感受豈是那些未曾遠離家鄉的人所能體驗？以前，橫貫風雨中便是許多街道在文章中出現，少年愛黃昏。掙扎。超越。一直在陌生的旅途中熟悉自己所要走的漫漫長路。偶爾驚覺二十年來帶著的卻是滿地塵沙，真的快樂不起來。然則痛苦並非等於悲觀，從苦痛中出發總是好的，生命本就像一條流動的江河，等到千百年後，江不在遠岸，河找不到出口，日子，隨著流水消失。歲月，是回不了頭的岸。所謂理想，萬里路，雲和月，總會有實現的一天。

　　縱然將來，一切的一切都成過去，但你畢竟曾經熱愛過這塊土地。每天走在長街，敘述種種往事成了一路上唯一可以仰望的交談。星光閃亮，愛在路上踢著碎石子已不再是城中的人生閑情逸趣。走回宿舍的小路，傍晚山上一盞盞燈光連接著亮起，晚風吹拂過竹林拍打著沙沙的調子，像是從一個輝煌的朝代裡走出

來。快要降臨的黑夜，預示著一則淒切的故事，誰是這故事裡的人影和往事！誰是最後一個夜歸人守著最先亮起的街燈？去昔的故鄉，舊日的友伴，成敗的關鍵，則是要人行萬里路，趕在星夜，饑寒交迫，長望遠景，奈何是投宿無門。

　　但錯就錯在人去了樓臺空空，留下一座被守過也被熱血寫過的詩城，那兒有家，有年老的母親和詩社的兄弟。在流光裡，恍惚發現自己注定是守城人，日日復夜夜，從一座鬧市到一小島嶼，再從小島守望整個家國。在這裡沒有時時刻刻語言的壓迫，長風萬里，千里皎月，誰是最後的夜歸人？

　　其實你是不該如此想的，在走回宿舍的巷道，你對自己說：該回去把心安定下來，讀書，應付今年的大學考試。但是，有些事情，是無法遺忘的；這樣踱步想著，已到宿舍門口，仰望夜空，冷清，帶點岑寂。

　　打開關閉已久的窗戶，看天上的星和月，都在暗指千里的迢迢路遠。往事最不堪回首莫過於它最燦爛的輝煌，在這屬於親切傾訴話語的城堡，家鄉？詩社？二十年的光景一去不回頭，與眨眼的時速比快，轉眼間，一個愛笑的少年，怎麼一下子變成了沉默的青年！

　　路在風影的遠去之後揚起沙塵，想著將有這樣的一天，當你恍然走回詩城，人們的生活已經變了樣，路上找不到一個你認識的人，他們都在驚奇地凝望，步入小巷，去尋找舊時的家，多年前寫的一首詩，驀然回首：

千百年後，我再來此

用最最陌生的口音喊你最熟悉底名

最後一條街曾經走過的

許多腳步聲響起

許多腳步聲消失

1975年　臺北

第二輯

人生在世

（1976-1977）

在沙灘上

　　應該如何去把那些短短時日，以鹽和風的濕度來記載？福隆海灘四天三夜的聚會回來，第二天恰好是元宵節，滿街掛起大大小小的花燈。我們六個人早上見了面，總是喋喋不休地談著他們的花容月貌，俊俏英姿，高歌激昂，越談越興奮，恨不得再找他們促膝長談，小小的別離，此時卻投影那麼多的憂歡。

　　於是，吃完晚飯從龍泉街回到振眉閣和黃河小軒，一路上看見五彩繽紛的花燈，不覺迷亂中捲入猜燈謎的各種情境，也許傳說是古遠的一道斑駁紅牆，等著我們去修復，嚮往。此時，有人提議每人買一盞花燈，點起蠟燭，坐上公車，提燈到他們家去拜訪，然後邀他們出來一起聚餐，燈下吟詩。

　　詩社的聚會便是如此詩意，令人懷念，以前的，現在的，將來的都是一樣；我們除了唱歌，玩在一起，煮飯燒菜，最重要的便是談文學。在海港小別墅的二樓，她們住在A8，我們住在A7，吃飯座談會便擠在一間房子裡，像一家人，溫暖。

　　從樓上我們依著欄杆，聽著外面的海潮，不知是黑夜裡的白浪，激起我們的思鄉，還是我們激越的情懷，想擁有天地間一座美麗小島和壯觀大海。

　　但海總是隔著兩岸，分隔兩個陸地，外面下著雨點，細細刷刷搖動窗外的草木，山雨滿樓，十一個人在一間房中，訴說參加這次聚會的感想；於是他說：他要談武俠、談中國的俠骨豪情，題目是：浪淘盡千古風流人物。但浪淘盡了，千古留下來的是誰？是那些為文學執著，在夜黑狂風揮毫添上一筆的詩人嗎？我萬般動情，聽了那一句深入我心的話，我無限傷感，忽然心頭湧起古代英雄豪傑的影像，如今一場大夢，三杯兩盞淡酒，點點滴滴，人去樓空，酒醒化成白雲，成了遙遠的風景，只可瞭望一點模糊的版圖，水中泛舟的長影，搖身留下一排輕浪，影像揚長而去。

　　然而愛山愛海的我們，每憶起這些，必有從前的記憶的甜蜜，在馬來西亞的金馬崙高原上的旅舍和邦咯島金沙灘的小屋，詩社聚會，八方風雨會中州，兄弟結義，說著生生死死相守下去的情義。

　　如是過著許多像詩一般的日子，當中快樂和哀愁，裝滿在歸途的車速中。記得那次在沙灘上點起一盞小蠟燭，靠在被海潮沖上灘岸的一塊巨木上，傾聽大夥兒談創作經驗，社員們圍成了一個圓圈，燭光閃爍，映照著每一張專注的臉，兩年前的事就這般煙雲霧散。後來午夜和幾位兄弟躺在斜傾的海灘上，看星光流轉，直到天曉方才回到小屋裡去。

　　柳葉垂下，對岸閃爍兩盞小燈的漁船，此時忽然想跳入海中，高聲呼喚他們熟悉的名字，回憶起那些相處的日子，帶些寒意的早晨，海港下幾場綿綿細雨；大夥兒走過碼頭長橋，夜裡許多無法用筆勾劃的心思，此時清晰浮現眼前，雨中交談，高聲朗

唱詩歌，黑暗中矇矓的笑聲夾帶雨聲，卻聽到輕快的腳步結伴走過橋頭，到沙灘上的內陸小湖去看月亮，提著幾盞小油燈，在海濱踱步，守著寂寞的長夜。

浪花在風中急急湧來又翻轉過去，映照暗潮中每一個人如沐春風的表情，在海灘上、在煮菜燒飯時、在座談會上，生活在一起時。

我從房中踱到窗外欄杆，耳中穿梭過黑夜清亮的海濤拍岸，還有房中的歡笑聲，以及外面微小的雨落叩響了屋簷清脆滴搭聲。頓時心中閃現傍晚大夥兒在沙灘上留下長長的腳印，意猶未盡還想再回去踏浪。黃振涼一面走一面虎虎揮拳，李光敏、小媛也練起武來，然後我們散步到更遠的灘岸去嬉水。我們曾經相聚的沙灘，回程時必留下一些痕跡，在某個風中的早晨，微涼。

我喜歡追隨著岸邊的潮水，前後的衝前去又跑回來。其時天色將暗，烏雲密佈的天空下，仍見他們那麼留念海灘。於是又有許多新編的歌曲，由他帶唱，沒唱的又響起。

我決定回到別墅，把生活寫成一首長詩，抒寫他們的花容月貌，俊俏英姿，高歌激昂。

我們還會再來這海港嗎？誰會知道呢！海闊天空，偶爾也有三兩海鷗，飛落在南方棲息之處，但願找到溫床就好。

但是他們呢？他們是否在嚮往一座大海的遼闊！把生命獻給文學，熱愛自己的生活？雖然有時也會不滿現實，最少這是一座自己當時嚮往的海灘；當春天還帶些微寒的天氣，怕冷的人都在自己的家中取暖。渡過寒假，就是新年，我們的家在千里外，想念串成織布機的線那麼細長，詩社是我們的家，他們就是這個家

的一員，和一班肝膽相照的朋友，相逢在山河的壯麗，潮水有情的姻緣。

四天三夜，海潮退去，海潮高漲了，這便是我們生命中一指不可抹去的印記，當我們走在沙灘上，當我們唱「我要笑」、「長江曲」時，我們又想起了「只有我和我的心知道」和「別離歌」，因為明日，將要遠離海港，回到現實的生活中，正如一列長長的火車，把我們從福隆載走，揮一揮雙手，成了窗外的風霜雨露，此時此刻，他們還在火車上朗讀著大家即席寫成的詩作，不歇息也不覺勞累。「下一站是什麼地方」，我生怕這旅途的閃爍美景悄然遠離而去，背對著短暫的珍惜，回到該下車的月臺，臺北。

1976年　臺北

美麗有山水

　　以前常常聽人說起新竹是風城，曾經多次到過那兒訪友，卻在此次偶遇多風的季節。大風猛颳的時候樹葉先婆娑搖動，然後電線和玻璃窗，絲絲的，乒乒乓乓的響徹雲霄，似多年未吹的號角，呼呼的響遍整個城市，引來可能的災難，從山上狂掃到平地。

　　中國有戈壁，美麗的草原像畫，冰天雪地空無的地方，更有綺麗的山水，如梅花般寒傖。我們成長在不同的地方，在不同的環境下求存，生長出特殊的民風，用我們平實的腔調，唱各地特殊的歌謠。

　　這個大國的風情，我多願在那未曾謀面的風城看到。

　　在馬來西亞居住廿年，從沒想到有一天會在另外一個小島想念舊居，那我出生的土地。如今腳下踏在一座多風的城池上，土地有溫熱，觸摸她的臟肺，留下一個初遇的欣喜。

　　今天再一次聚首在新竹，新竹之後便轉到石門水庫去看飛瀑。極目所見是兩個迥然不同的地方，從新竹的風到石門的水，人生總離不開名山勝水的道路。我的心跳起伏有如石門的波潮，乘船玩水，下午一群人坐在小船艙頭前遠瞻，船行緩緩，在湖中排浪穿行一小時。湖中有魚同遊，水上往返的小舟，各自渡江而

去。人煙在山中升起了古風的氣息，泥岸戴笠的垂釣者在等魚上鉤，消磨一個下午清亮的光景。

船隻遠航，閱覽千山萬水的眼睛，盡是一片蔥綠；眼看小戈壁，小小的青色草原撼動著這片美景。夏天是嬉水節，來到石門看山水，乘船去破浪，你最好是一尾魚，任意游來蕩去，閒間散散，世界美麗，因為有山水。

現在我的血脈又是那條夜路上的人影，一群人快活地踏步放歌，趕著一群小羊兒，往深入山路時是出發的號角，走下山坡時是回程的慢步。中原節前的月色，顯得蕭索，路旁有山壁，巨木叢山環繞，在淡黃路燈的泥道上，各處濃鬱的樹影，深深烙印在柏油路的黑暗中。

水聲在右邊的山崖下奔馳如飛，左邊的山壁有如搖搖欲墜的巨影襲捲；走著走著，後面的人漸漸消失了，等到路上的人發現時，前面的人驀然隱沒了。

這樣一個忽然出現的夜行軍，我們把它喚做男孩與女孩的戰爭，當中有人扮鬼想嚇阻前行的社員，另一個男孩被女孩俘虜了，前方有人不動聲息，後面的山崖早有人埋伏起來，夜貓般等待敵方的陷入楚河與漢界。

事後男孩與女孩，在通明的雲霄別館會合後，心中還有未完的興頭，帶著無邪的嬉笑至深夜，把聚會的感懷，翻成一本活頁文集，裡面有大夥兒多彩多姿的歷練，那怕是記憶，都可以每天照一回鏡面，揣摩氣象的寒暑。在最乾旱的嬉水節，不嬉水，只行舟，到石門水庫相聚首，你最好是一尾魚，不怕這裡的喧嘩熙攘，世界美麗，黑夜就算行軍，也有行軍的趣味，時刻坎在心

頭。生命充滿青春活力，因為有山水，更重要的還是一群人，
像詩：

　　漏夜趕上了古道

1976年6月27日　臺北

歌斷人往

　　聚會如果少了雁平，感覺有些岑寂，當然說的是整個氣氛上的營造。大家無語沉默的當兒，他會像夏日裡的清寶涼茶一樣，撩起大家的興致，一時腳步也輕快起來。

　　這次大春山莊聚會，有人把它命名為大蠢，不是沒有緣由的，只因大家覺得開心，喧鬧，喜歡開山水的玩笑。

　　那天晚上「鬼仔Band」的成員只剩下幾個人，我和雁平隨興躺著，也顧不了別人的注目拉開嗓子，雅興高歌，有些歌還是平生第一次不曾中斷唱完。我一時起音太高，他接不上節拍，乾脆不管我，害得我自己喊破喉嚨。有時他由最低的音調開始，我接不上去，也乾脆不和音，搞到最後他也不接拍，他唱他的記得當時年紀小，我吹我的白雲故鄉口哨。

　　我們像兩種不能和諧的音符，不過心中還是充滿了喜悅，顯露在帶著微冷的黑夜中。

　　我喜歡聚會時沒有座談會的當下，有時雖然愛笑鬧，但開心的時候發現滿地都是鮮花的顏色。有時嚴肅而緊張地在討論某一課題，氣氛中卻仍然保持著歡欣和其樂融融。

　　有時整夜座談會不眠不休，雖然睡眼矇矓，強撐下去等待黎明的蒞臨，看日出，雲霧滿天充滿期待。在大春山莊三天兩夜

聚會中，我最喜歡第一天下午放浪的歌謠，有琴音自炎熱的午後於空曠的山中傳出，別有一番美景像蜂蜜甜在心頭。先是李玄霜的六弦琴響起，然後是瑞安，娥真的彈唱天涯，最後每人輪流帶唱，歌停弦寂，小屋外的一大片綠色桔園隨著晚風擺動著細腰，小徑的金針樹開花，恬靜，香氣和歌聲到處繞繞著，在夏日的晌午，極目遠景，自在。

1976年　臺北

上山

　　那天颱風過境，帶些強風和時停時下的陣雨，天空隱沒在光影中，後來那太陽總算又躲躲藏藏的像個羞澀的女孩，含羞草般綻放，有時天空是整片烏雲，時而籠罩著山路一片陰影。

　　我和小媛走在路上，由低處往海拔數百公呎的高山上挺進，去探訪大春山莊。小媛告訴我說：「同學們都說大春山莊好玩，他們時常到山上去野餐、烤肉，還住在那裡。」我心裡想：我們住在臺北，大春山莊就在政大附近，除非那地方很吸引人，否則誰又會願意在山上餵蚊子！

　　走著走著，就開始有些埋怨，這山路的景色不但沒有什麼驚喜，路上果園還貼著告示牌：不准路人摘水果，一旦被發現要重重的罰款。雖然天氣清涼，但還是流了滿身的汗水，口又渴，那大春山莊還是遙遙不可及，問小媛，她說快到了。

　　我們行走了一個小時的路程，怎麼還沒到達目的地？她說還是耐心點繼續走吧！就這樣，快到山莊時在路旁採摘了兩個小文旦，總算解渴，轉眼間踏上大春山莊的石子路，唯獨不見大春山莊的原貌，人在雲霧間。

我們上了山莊，拾級看去，一片果園，一路上有金針花紅黃滿地伸展，煞是好看，又見桔子樹開花，蔥綠得飛揚，枝葉自四面八方綻開，像在那兒迎接我們。

　　於是我們決定了下次聚會要來的地點：大春山莊。山上有空曠的場地可以習武，夏天又很少人來，可以高歌，自由自在，不像在喧擾的臺北，引發尋找幾天的世外桃源。

　　想起十四至十六日這三天聚會，參與者雖然只有九人，但心情卻是百般舒暢，而且少了許多負擔，不用為座談會或即席創作有所顧慮，輕鬆的玩幾天。首日下午的高亢歌曲，一首一首的美聲傳揚開來，繞到每座山頭，轉播到臺北的街道。

　　雖然白天酷熱，晚上與蚊子交戰，心情像大春山莊的花樹，被微風吹得有些搖搖欲墜。還有那天下午的「神經俱樂部」，社員一邊唱歌一面跳舞，大家盡情的玩鬧，有時真的笑到肚皮差點開花，娥真的歌聲聽來總是那麼悠揚，聽覺耳目一新，此起彼落繞了幾圈，久久停留在心坎最深處。

　　小樓和玄霜的六弦琴一唱一和，整個俱樂部被活潑帶動，雁平的歌總是在笑鬧中收場。還有小媛，常常聽她吹噓任何歌曲都會唱，結果點唱的節目輪到她，她卻百般推卸，說自己音帶壞了，想到她就有點好笑，還裝成那副怪模樣。這次的小聚會大家心神開了花，等待結束了旅程，人已在試劍山莊的鬧市。

1976年　臺北

一筆帶過

　　我們站在矮小的臺上，乘風和輕燕在臺下。臺上和臺下相距兩呎高低的差距，這是溪頭第八杉木小屋的廳堂。凌晨三時許，我們正進行詩劇演出。

　　一盞小小的紅蠟燭掀開夜幕，大堂小几案上閃爍；一切都那麼寂靜，臺上的人在排練，臺下的人在等待，一場別開生面的演出即將開始，但我始終想像不出他倆如何把溫瑞安的長詩〈馨竹〉最後一幕霸王悲歌突圍衝殺，虞姬浴血自盡的場面演練出來。

　　很靜很靜的夜，歲月沒有留下痕跡。晚上曾經下過一陣細雨，雨珠靜靜滴在葉子上，亮晶晶的一雙眼睛，窺視房中的世界。

　　開始時，輕燕飾演的虞姬緩緩自案上醒來，一襲古女子的長白袍，起初她伏在案上，醒來時霸王乃躺在她身側。忽聞四面楚音，國人悲唱得震動天地，漢兵已在外十面埋伏，她以徬徨甚至恐懼的眼神掃瞄營中各處，身側的霸王還未醒來。

　　身側的霸王尚未醒來啊！怎麼辦呢？霸王數日征戰，勞累得還在睡夢中，他難道沒聽到四面的楚歌？難道他不知曉漢兵已把他層層包圍？怎麼辦？她踱過來走過去，急切的，無助的，案上的小燭光忽大忽小，她的影子也隨著飄來飄去，看她失去

依靠的表情，臺下的人也隨著她的一言一行進入詩中的場景，肅穆等待。

忽然，虞姬向營外張望，又步回霸王的身前，看他有沒有醒過來，霸王還在呼呼的沈睡，江山快要被漢兵強奪過去了，一切快完了。臉部驚慌失措的表情，像抽搐著黃葉冰冷的愁緒，然後，她又踱到外面張望，無助的內心吶喊，但不敢喊出聲，只在黯然神傷。

她再步回霸王身前，凝視著霸王沉睡的臉，有些猶疑，眼神卻是充份堅決，她想到江山快要斷送了，卻不忍拖累霸王，雖然他很愛她，可是此刻，她不願他分心，她一步一步挨近霸王，凝視他腰間的長劍，她握著柄，慢慢把劍自鞘口移出，一點一點的，試探的，如果霸王知道她拔劍，他一定會阻止。

想到這裡，她動作加快，劍出鞘，霸王乃未醒覺，於是，她凝望長空，好像什麼也沒看見，她離開霸王兩步，一個轉身，雙手握著劍柄，劍尖插向小腹，雙手再用力一推，她，緩緩的倒在霸王的身側。

戰鼓和歌聲由遠而近，由小而大，由急而悲。飾演霸王的乘風似聽到戰鼓和歌聲；忽然驚醒，揭開眼簾，看到虞姬倒地而臥，還有血，已流到他的腳前。那血是虞姬的，怎麼連劍也離開他的腰身，刺在她的身上？他不敢相信，剛才不是好好的？他只是歇一會兒，外頭已十面埋伏了漢兵，和楚人的廝殺聲，他只是睡一會兒，怎麼突然天地變色！

他快步衝到營外察看，外面都是兵卒，回到虞姬身前，虞姬的血還是熱的，像在激起他沸騰的雄心，悲憤的要衝殺出去。靜

靜的營內，他拔起帶血的劍，殺陣般武動起來，營內只聽到他的「殺！殺！殺！」嘶吼聲和劍風聲。然後，一陣沙啞的聲浪傳到營外，楚人淒然淚下：

> 力拔山兮氣蓋世，時不利兮騅不逝，騅不逝兮可奈何，虞兮虞兮奈若何！

歌聲不止，霸王的劍更不停的武動起來，殺了一個漢將，又衝殺了許多圍攻的士兵，他把地板都踩得乒乒乓乓徹響，我們的心也跟著演霸王悲愴動作的那個人跳躍起來，像快要衝出破堤的狂潮。他殺敵無數，追兵越來越多，殺到江口，本可渡江東山再起，但想到自己英雄霸世偉業，迫得虞姬自盡，楚人遭殃，真是「天亡我也」，遂拔劍自刎，頭顱落到江中，江水一片泛紅。

蠟燭熄了，飾演霸王虞姬的人已經到了幕後，現在我們還在幕前，詩劇演出的震撼，霸王虞姬的一幕，卻一直深植在心坎中，像流不盡的水，有唱不完的悲歌，寒氣逼人圍繞下半夜。

每當夜深人靜時，常會浮現落幕前的這一場景，雖然只是詩劇演出，卻讓我細部揣摩到霸王的蓋世的一生，詩的威力在此。

註： 一九七七年元月一日溪頭聚會有詩劇演出，〈馨竹〉詩作為其中的一次震撼感人的演出，〈馨竹〉已收入《將軍令》詩集。

1977年　臺北

遠行

　　詩社的聚會常常像一種行走無痕的路程，過程中有許多快樂歌聲和笑語常伴，結束一段完美的旅行，為旅費的車資，聚會的餐飲費神，掙扎很久，相聚見真情，撥雲見日，心中感到寬慰。

　　這次我們又要去遠行，落腳在石門水庫。常聽說這裡若遇傾盆大雨，洩洪如瀑布，狂飆到水壩下端，如千里的白霧，好看壯觀。

　　在長長的橋墩觀看遠山綠水，霧氣中只見一片朦朧的山色匆匆，小行人道上有許多輕快的腳步滑過，一切風景都青翠如流水，又輕柔如飄落的棉花。

　　昨夜我們到水庫的一條山路去探險，趁著夜黑，從暗黃街燈的柏油路走入一片黑壓壓的森林中，道路的兩邊是樹蔭交錯，小小的峻峭的山坡，望過去有如冷冽的牆身，把我們隔開自水庫的樓臺，自綠湖青山蔓延開來。

　　我們一首歌又一首歌此起彼落和音或清唱，迴響繞著山腰一圈再轉回來，走過的地方成了絕響。想像若有一天，我們在叉路口分手，於同樣一個場景中，小路上遇到大夥兒一身白衣勁裝，那時我若在塵世，化魂來窺探你們，聽到一首滿江紅悲憤在嘶喊，不平的傳唱，當有一番隱痛滋味，落在神往的心頭。

　　玄霜、劍誰、小媛都怕鬼，一路上往往被自己的怪叫聲驚嚇不已。大家圍坐路燈下，聽溫瑞安講鬼電影〈坐立不安〉和〈索命〉中的恐怖鏡頭，疲憊和歡欣好像有了朦朧的天色，摟緊風衣，冰凍交迫在發抖。

　　隨後，鏡頭把整個畫面移轉到下午的小艇上，我們遊湖一圈，天水相連像蜻蜓點水，飄灑自如。我們在遊艇上拍照，唱「怒江哪」，沒有中斷的鼓腹而歌彈唱下去。

　　後來返途中，正黃昏夕照，落向山頭，天色看起來多麼像黎明日出，只因鳥語花香，已早給黑幕帶走。那時玄霜、玲珠才趕到，在小碼頭相候，我們招手見了面，像誤點的船期，我們帶走了綠水，她們倆卻失去了揮別的機會；相見時不再提起遺憾那字眼，徒增傷感。

　　我們各人手中一瓶可口可樂，止了在船上水路的饑渴。至於晚上飯前的男女大辯論，笑笑鬧鬧，把小客廳擠出了廻音嬝繞，滿足溫馨。此時又回到遠行前的練武場，一個鐘頭不停歇地發功習武，面對吵雜的侵擾志在磨練體力，好像說：練武不是為別人，而是完成了自身的強壯體能。

　　這條路像似溫瑞安小說〈鑿痕〉上山的血路，至於鬼魅在何時出現則不得而知，更多的時刻是自己嚇自己。像玄霜、劍誰天生怕鬼的模樣，玩弄起來也樂趣無窮。可惜那半邊月亮是淡黃而不是青黃，一點也感覺不到恐怖的氣息。有人認為這是人生中艱苦的旅途，孤獨地攀爬而遍體鱗傷。有人覺得遠行的一條康壯

大道，前人走過的風景攝入黑白照片，夜色中只要有一片光影所在，無需燈光的照明，見證大家心裡的雪亮。

1977年　臺北

相依為命

　　眼看著手錶上的星期日曆，從十六號跳轉到十七號，星期一變成星期二，掛鐘在牆壁上「噹噹」的敲打了十二下，此時突然滿屋燈火齊熄，留下一片空白，黑暗。

　　剛才大家圍坐正談得起勁，現在天地突然全黑，話題只好停留在蠟燭的光圈當中盪漾。那麼湊巧的大停電，秉燭夜談，平時很少抽煙的他，此刻多抽了兩根，室內的煙霧輕輕的一圈圈的繞到窗外，一陣風吹襲寒流竄進，很冷。

　　從志向聊到身體力行，瞬間過了午夜二時，蠟燭將快燒完，臺北的霧氣濃冽，在回家的路上，毛毛細雨落在油紙傘上，一滴一滴陪伴著交錯的腳步，恰似追思的鄉語，分辨不出輕重的節拍轉進了巷弄。

　　全黑大停電的臺北，此時卻有一排特別閃爍的街燈，守望著歸途的遊子。穿著灰黃色雨衣的清道夫在排除路面的垃圾污泥，好讓車行順暢行駛，行人無憂的返家。

　　再往前走多幾步，店樓前便閃現巨大交通標誌，白底，黑色的箭頭，指著兩個方向，豎在羅斯福路五段和興隆路的交叉接口處，等待著這班五陵年少自長河出版社和負責人林國卿洽商未來

出版詩社叢書的計劃，喝著香濃咖啡，細訴過去與未來，心中有著諸多的期許，等待祝福的話題，來自湮遠的他鄉。

後來清嘯間中提起三年前，任平兄赴臺參第二屆世界詩人大會，一次在臺北圓山飯店與各國詩友聚餐，臨行前請他和瑞安留在旅社等候。一俟任平兄敲門，就一齊出發參與是項活動。過不久任平兄回來敲門時，左手卻拿著一瓶七喜，右手藏在背後，見到他們，右手從背後向前一晃，提著小紙袋，赫然是三隻燒雞腿，原來他抵達會場時，客人用餐已入尾聲，唯有帶回飲料食物，和久候的弟兄一齊享用。

清嘯還說：此時遠在馬來西亞的任平兄，若是想起當年，記憶翻新，追尋那溫馨的臺北之夜而意猶未盡，現在懷想任平兄，就常常以「那人在天一方，但為君故，沉吟至今」作深切的恬澹思念了。那是七十四年當他們三人抵臺後，一次應邀赴某詩人家中作客，其中有位頗負盛名的詩人問任平兄：

「這兩個人真像你的保鏢」

答曰：「不，他們是我的兄弟」，任平兄不亢不卑，氣度恢宏向對方表示。

再後來，話題隨著黑夜的人影翻動，暢談得更加起勁，其中還有許多未完成的事業，那些日夜思慕的舊友，在偏遠的家鄉守望，此時極目翹首瞻仰，物換星移，滴滑的雨珠，冷冷地飛落到窗外。

如張筆傲的忠心為詩社盡力，如今還是不能相聚的各分兩地，惘然兩地眷念。與兄弟一起闖蕩文壇，年少時還能相守，若

到了中年尚能相互守望，已經很了不起，再要到老年時還能廝守，恐怕是驚天動地的事跡了。

我們從長河出版社踱步回到試劍山莊，找到四支蠟燭，擦亮火柴，圍著燭光和桌子，意興風發縱談江湖，過去現在和未來。每一個影子搖晃飄零，勾勒許多不為人知的故事，傳遞薪火的幼苗，奮發圖強的堅守，追求理想的夢話，談笑間諸多懷抱，偶而放浪形骸，多想跨出欄杆，指望前面的坦途。卻在那麼縈繞的懷念中，渡過一段晴嵐波影的歲月。

但長路還有多遠！亦如全黑的街道上，一排燈火獨自閃亮，就像一個獨撐大局的時代，又如清道夫在烏黑中掃除馬路的汙染，變成明日空氣爽朗，修剪一窗清亮。

在試劍山莊，大家宛如站在遠程的跑道，起跑後沒有終點，只有在摸索中肯定和堅持，仿如未知的戰鼓，緊握雙拳擊節拍打，全心掃除埋怨的積雪，共渡一段相依為命的征途。

1977年　臺北

人生在世

　　元月十八日娥真的《日子正當少女》散文集出版了，這幾天詩社也在新書的歡慶中渡過。

　　剛才看到〈那在雁蕩的飛躍之君子〉一文，闔上書本，滿懷暢快，衝出黃河小軒的大門，說了兩次「人生在世」，豪情壯志，倍感痛快。娥真這本集子所觸及的事物雖然是一些芝麻小事，卻常能從細微的敘述中窺探許多生活點滴，抒寫別出心裁的語境，充滿執著情感和人生深刻體驗，多細膩的投射啊！

　　這本散文集幾乎全都是記載今年我們三人回馬前後，她獨留在臺北的感觸和牽掛，每一個社員在她筆下的行蹤，描繪得極其細緻，活潑生動，一夜清澈如遠山迴響的鐘聲。

　　剛才從朱西甯老師家用餐後回到試劍山莊，心中猶記老師告訴我們此次國家文藝大會的經過，又提到神州人的理念和志業，他語帶雙關：每個人就像一把待琢磨的銹鐵；現在磨刀，來日舞劍。老師無限期許，他說：期許神州的每一個人在未來都是一把亮麗的利刃，往後必有大用。

　　後來劉慕沙阿姨送我們到門口，提醒大家珍惜身體，磨練體格，眼前不單只為個人的事業在奮鬥，還有重擔在身，須常常相互關切與自重。

　　離開了朱家，回到山莊，想到磨刀的事，現在冬天是個大冰箱，儲藏著冷氣，刮起冷清的風，在路上，伴隨著夢幻。每當呼吸一口寒氣，心中兀自澎湃一股暖流，把人間的希望和溫情，散發到各個角落。

　　娥真在散文中說：「我吹著風去寄信是很悲壯的。這些日子，許多要訴的私語多得溢出了心胸，好吃力啊，走在路上，整個人只剩下一團思念的魂魄，在秋風裡吹不淡。想到你叫方可憐，我覺得自己最可憐了。」，我心裡還有很多話要對她說：欽佩她坦言在風中去寄信是很悲壯的豪語。她的每一篇散文，就像人生在世，傾吐許多喜怒哀樂，然而筆墨輕描淡寫，字裡行間流露出來的，卻是滿懷激越，帶著悲情的痕跡，和我們一起風雨無阻的在這條文學的道路走下去。

1977年　臺北

相識燕歸來

　　晚上拿起相簿，一頁頁翻看往昔的相片，許多地方，不同的取材背景，不同的姿態面對鏡頭，都被攝入一個個靜止的畫面裡。我忽然看到許多日夜，許多長街，在腦海中一一浮現。以前的日子清澈地流過我眼前，可是卻已經有點相隔如夢了，久遠的感覺，雖然是黑白的照面，雖然是彩色的照片。

　　三年前清嘯初來臺北，我們合租了一間小房，在和平東路二段。雁平暑假從屏東回到臺北，我們的床位便擁擠了起來，適逢夏日，炎炎的天氣，悶熱得人透不過氣來。跟雁平住在一起，晚上雖要擠床位，但也增加不少笑話，生活的調子裡加進了一兩句有趣的民謠，輕鬆的彈唱，日子在寫意的調侃中自在的過著。

　　我們三人，常常走一條曲曲折折的龍泉街，到了羅斯福路口，上了天橋，橋下路過萊陽桃酥小店，拐了一個彎，轉進一條巷道，去尋訪瑞安和娥真，第一件事便是在振眉閣牆壁上急速搶看從遠方寄來的書信，讀了遙遠的訊息，是悲是喜，龍泉街變成我們傾訴的腳步，日夜徘徊經過的地方。

　　他們也常常在每天的黃昏來訪，一起到餐館進餐，他們常帶我們到好吃又便宜的小吃店去叫菜，而這些地方，就在龍泉街附

近，我們最熟悉的飲食店。平常我們都吃自助餐，偶爾到餐廳去叫幾道菜享用，也是一件快樂的事。

那萊陽桃酥店老闆及老闆娘，和我們一天碰上幾次面，久了成為他們的熟客，一見面打招呼，老闆娘就叫我們買桃酥吃，像這種見面禮，她自然認為是最好的待客方式，我們也覺得她坦白得可愛。做生意要千方百計拉住客人一顆芳心。我們有時收到海外寄來的匯票，急用時把匯票交給她押著，先向她借錢，換了錢再把借款還她。以後她就順理成章的叫我們買桃酥吃。

那些年月，我們初初來臺，對一切生活習慣，很不能適應，像脫軌的火車，無法行駛在正規的鐵道上。面臨大專聯考及居留證的壓力，而需四處奔走。清嘯雖晚一些時日來臺，然而他已在大馬申請到大專入學保送，故在臺無須參加聯考，後來經信疆兄的介紹到自立晚報工作，生活總算比較安定。

還記得在那段日子當中，我們每次走長長的龍泉街，到了天橋，忽然發現瑞安和娥真走上石階，碰面時大吃一驚，我們飯後與他們回到振眉閣，除了看詩社寄來的長信，還帶了我們剛寫的作品給他們過目。瑞安近日來讀了一些好書，他會滔滔的把他在書中讀到一些精采的情節，像說故事轉述給我們聽，還附加進自己的意見；又或者在某個場合中發現一些值得回憶的事，不管大或小，甚至看到一個很有氣質的女孩，我們當時不在，他都會替我們三個王老五大感惋惜。

他那時如此神往的滔滔不絕，聽來多像在初中講故事的神態飛揚，我的意識就馬上飛到當初創立綠洲社的過往情景，我們在初二時大夥兒聽他講故事，他往往講到最緊張或是最精采的地

方忽然停下，故意說老師快要來了或搪塞其他理由，我們好像是
洩氣的汽球、半空被某樣物體吊住，身心全不是滋味，又不知道
這段落的後果如何發展，急著要知道，喧鬧，要聽完他的故事，
就必須耐心等明天某個時辰，趁老師還沒來上課，大夥兒便圍成
一圈湧上，把他包圍起來，強要他繼續講下去，那時我們軟硬兼
施，盡情說服他講下一回的武俠長篇。

　　是以每次從天橋上回來，都是午夜一兩點鐘，我們常常駐足
在拐彎處的一間小麵攤店吃最便宜的宵夜。晚上天涼，吃了一碗
熱騰騰的陽春麵，身體也暖和起來。到了馬路對面，和瑞安及娥
真揮手道別，微暗的龍泉街，我們走過一攤攤的空架子，小販們
已經回家了，燈火也全熄了。還有一排排矮平房，飛簷盡是灰白
的顏色。

　　我們三人，心中像有股寒意，從路旁長滿蘚苔的冷牆透進
來。走出這條黑濕濕的街道，彷彿在許多年前已經走過的地方，
如今又在另一個地點湧現，似曾相識，彷彿美羅山城，夜深人靜
清風飛揚，我們幾個兄弟，從「黃昏星大廈」習武後踱到戲院
街，街上縱論文武、鬥詩，到昔日的振眉閣去。彼時燈火獨照大
地，唯深夜只聽到轆轆的巨輪車聲，在大街輾轉而過，掩蓋了所
有的死寂。

　　剩下我們三人，又要回到那間小小的房裡，在那兒寫作、
看書，睡覺搶棉被。那些時日的陽光大地，多麼清晰啊？相片的
影子便一一浮出到光滑的紙面來。前些時候我再回到和平東路兜
兜，那間小屋已經不在，原地蓋成一座大樓，屋前路面也拓寬了
許多。

　　現在我們已經搬到羅斯福路五段，一年半來，我們全都住在試劍山莊，這個家連接起許多要來移居的身影，以後就無須隔著一座天橋去找他們了，也用不著隔著一條馬路看遊子路過，幾年的時日搖身眼前，悠悠變得像相識的燕，去找回最初的窩巢。

1977年　臺北

搬家

　　自從詩社日漸在擴大的當兒，我們總共搬遷了三次家。搬家真勞累，有時卻充滿樂趣。勞累是這許多書籍和家具，要從四樓搬到樓下，著實費精力。有趣是每搬一次家，就有另外一種期待的心情；詩社的兄弟姊妹，搬家時他們皆來幫忙，湊熱鬧，忙中取樂。這樣子，我們便歡天喜地搬到新居去。

　　搬家的原因不外乎房子太窄小，容納不了需要的人數住進去；其他包括環境欠佳，不然就是房租太貴。如果遇上房子太窄小，房租昂貴，有時房東態度也不甚友善，還得看他的臉色，這個家啊，就非搬不可了。

　　這次詩社從羅斯福五段一幢公寓遷到木柵指南路二段，當然最大的因素是房子太小，以前六個人住在三房一廳的試劍山莊四樓，勉強還有容身之地，但一旦超過十個人來訪山莊，整座大廳都擠得水洩不通，空氣也不甚流暢。黃河小軒的三位王老五：清嘯、雁平和我，擠在密不通風的陋室內，開始還好，後來再加上林雲閣，簡直是擠沙丁魚。冬天地上鋪上席子及薄棉被，夏天睡地板，沒有床架，也平安無事渡過兩年的光景。這兩年的時光，晝夜都是天空的雲彩，時節的變化因機緣相聚，那兒曾經充滿快樂的笑聲，留給後來的人緬懷，翻開照片連續的回憶。試劍山莊

常常有訪客慕名而來，徹夜長談，燈下如朝聖的營地，無限當下美景，滿室溫馨。

七重天練武臺上，拳風腳踢吐氣呼喝聲，習武後夕陽落在平臺前，我們的心思也流動到那瞬間的人影中。那時候，也有一段輝煌前沉積的日子，讓時間去考驗個人的操守和毅力，過去許多人曾經轟轟烈烈的參與，現在沉落時無影，我們隊伍中從此不再見到他們的音容。

現在我們搬到木柵指南山下，政治大學就在我們新居的附近。這裡就是大家掛在口中的「山城、雨城、大學城」聖地。想當日我們決定搬家時，曾找遍臺北市，物色好多地點，最後卻選擇現在新居的好風光。

搬家，像是個大包袱，要我們肩挑著，把一箱箱沉重的書，和行裝衣飾及一顆流離的心，經過一番顛簸，落足到新的家園裡。等一箱箱的行李和書搬到木柵，書頁也破損了，人也風塵僕僕後有了一點小小的安定。

初來此地，陌生的臉孔和陌生的小巷，很快的習慣成為熟悉的長路夜語。經過大夥兒煞費苦心佈置，現在的試劍山莊顯得整齊亮麗，不管振眉詩牆，雌雄榜，版圖擴大了，設計新穎，看後如臨雨後的庭院，一覽天色，耳目一新。

有許多人走過山莊，看到「試劍山莊」和「神州信箱」的字樣，都投注驚奇的眼光，有的還邊走邊議論著這些新奇的名字。不知道他們是否讀過有關詩社出版的書籍，若是有，他們最終將知道，這就神州詩社的地址，我們磨劍擦亮詩社及日夜相許的地方。

現在的指南山下，不管山城、雨城、大學城，因新遷此地，鄰居和路人也不甚熟識，詩社有時會遭到一些外在的騷擾。以前在舊山莊，每星期週日下午龍組習武，有三個寬廣的天臺任由我們使用，「七重天」天臺鮮少有外人來干擾。現在新山莊在一樓，上天臺練武百般不便利，廳中榻榻米又嫌場地不夠寬大，只好到後面走廊的空地去練習。

　　練武要吐氣吶喊，才能運用拳腳的力道，當然是有點吵，但在大白天下午，每星期難得一次兩小時和社員們切磋武藝，卻常常有路人前來阻擾，甚至打電話給派出所，迫使練武中斷。我們心中總有些抱怨，有些事情本來跟詩社無關，也算在大夥兒身上。

　　自從我們搬到木柵，每天幾乎都有訪客，或文學，或科學，或經濟，各路豪傑的意向儘管不一樣，但理想相同。白天大家廳堂相聚，晚上怕吵到別人，便到地下室的「見天洞」去暢談，並盡量控制自己的聲量。偶有一些文友來訪，相談投機，一時情緒高昂，我們慷慨的唱社歌給他們聽，可是別人卻連這一點聲量也無法忍受。

　　記得我們五月十七日回馬的前一刻，在詩社唱社歌、滿江紅、別離歌、道別，歌聲激盪此起彼落，竟有人荒謬到去警察局告我們唱流行曲開舞會，令我們啼笑皆非。

　　搬到新山莊，不久即出版詩社史《坦蕩神州》，幾乎每天都有人來訪，相談甚歡，最大的樂事，卻也招來許多不必要的干擾，但願這些人來日方長，能夠多了解詩社所作所為。

　　我們有溫暖的兄弟姊妹的感情依附，過程寫下許多可歌可泣的篇章，不求人了解，但求人能接受，我們心底有無限的潮浪澎湃，欲罷不能，綻放成一朵鮮亮的花卉。

　　如此跌宕轉折，在山城、雨城以及大學城。

1977年10月8日　臺北

等車回家

　　每次從電影院出來，趕著回家，就想乘搭零南的公車。若是看九點鐘晚場，電影十一點鐘才演完，就算是紅燈，我們也會闖過馬路去趕搭回家的公車。

　　中華路的零南公車站，此刻站牌前必定等候著許多趕著回家的人。他們等候著公車駛來，看看手上的錶針，該是末班車了，不知今晚公車會不會提前開走？想著，也就不再想它了，反正車站還有這麼多人在等車，心中也不致於那般焦慮無依，就算是搭不到公車，坐計程車回家，有這許多人陪伴，感覺心甘舒暢。

　　如果是最後一班公車，不管車上有無立足之地，還是拼命擠上去再說。因為誰也不忍心看到朋友在車上穿梭擁擠，留下自己在黑漆漆的站牌下失去依靠。

　　臺北市的午夜，中華路的紅綠燈，閃動著每一條街景，路上到處是高低聳動的建築物。而你，必須面對車上左右兩側五光十色的廣告，直到下車後，車上的浮光片影還是遺留在心底。你喜歡探向窗外，街上左右兩排的店面，懸掛著或雅或俗的店名商號，以行書、楷體，偶爾還有一兩間店鋪以行草書抒寫，突顯而有風格，好不飛揚。這些商號的字體，似是經過許多年代的變遷

陶冶，形體也變了樣，或橫或直，在午夜的鬧市裡，牽動一個巨大的時空，星空下，躊躇滿志的人，期盼著生命更大的成長。

　　若要到臺北市任何其他地方，依然有多條路線的公車皆可通達目的地，可我就是偏愛搭零南的公車，也許是因為自己來自南洋。在一個多災多難的熱帶國度生活了二十幾年，有關南的字眼在腦海中至今不只是一個方向的概念而已，離開家鄉多年，心中總有許多牽絆，「南」字便成為一個複雜的聯想。

　　對我們這一小群愛看電影的人而言，總是期許開場的熱鬧，不知不覺中又會感嘆置身何處，追趕著觀看夜場的電影，散場後，把心情交給載我們回家的公車：零南。

　　在師大分部下車後，那平交道的紅綠燈總是那麼不解過路人的心意，等待那紅燈頻閃，綠燈一亮，我們必定作預先準備，剎時所有的車子在白線前停下，我們便三步作兩步跑，嘩啦啦地衝殺過去，安全抵達馬路對面，再繞到回家的巷道，澄黃的路燈下，想著有許多事情還沒完成，心情更是接近星空下，那午夜的夢似真似幻。

1977年　臺北

海誓

我坐在這座小長亭看海,昨天我和他們一起慢步在沙灘的時候,沙灘只有兩三隻海燕在空中飛翔;而波濤不拍岸,拍打的是它們相互撞擊的浪潮。

於是想起這次無法同行的光敏與秀珍,她們帶著自然的微笑和我們相聚。如今沙灘上好像少了些什麼,腳步獨自岑寂一個下午,又很漫長。

三月最愛風雨,尤其是靠海小島上的西北部,總是細雨連綿或豪雨成災,驚動每個人臉上輕微的守望和彷徨。枯坐就是一種等待的心境,等待也是一種延生喜悅的樂事。聽幾位好友隨興唱歌,唱沙啞了喉音,還是拼命地唱下去,尤其是在這個回不了家的此刻,唯有在這水鄉中找尋一片漂泊的筏子,讓它飄揚到千里外的半島,帶著燕子歸心似箭,我想問你的心情;我的家人,你哪兒可有我想知道的消息?

在島上第二次海港聚會,是一種喜樂的征服。不是山盟,而是海誓。臺北以北的天氣,海港和細雨幾乎結下了最親密的姻緣,沙灘前面是大海,滔滔不盡滾滾而來的潮浪洶湧澎湃,沙灘後面便是這小鎮裡幾個小村落,小村星夜住著遊子。四天三夜已經剩下了兩天一夜,彷彿隔絕了世俗塵埃,和大學生活脫了軌

跡；浪漫的情懷。山上住著幾許人家，人間又煙火，往事漫溢，等待容顏蒼白老去。

我們嚮往古代，在於她的豪情俠義及文化的精粹，也因此我們那麼愛山和海，打從第一次走過沙灘上的足印開始，在遠遠的半島上，遙遠的家鄉和現在一線連接起來了。我們已經和海許了願，要為文化扎根，做一些匡時濟世的事，雨季不斷翻覆往昔憂歡的波濤。每次走在沙灘上，追逐著潮聲疊浪而去，心中就樹立著那看不到的山河，近在咫尺的海島瀛洲。在月色下，銘感於山河之冰冷，刺骨的寒涼。

是以坐著看海，或者走在長長的沙灘，都成了生活中的一大嚮往，流過時間的魔掌，湧動不平靜的詩心。生平最大憾事就是無法把愛寫成最完美的詩篇，但我企圖嘗試，在迷濛的雨中為理想的夢境添增幾筆彩霞。也許我該回去了，回到成功村，告訴他們剛才多麼期望相見；寂寞的海灘，在沒有人煙的曠野，遙對蒼松怒吼，也有旅者的低吟，隔離了世俗和人煙。

對海立誓，我抱著那沉重的夙願，期待時光淘洗，完成。也許倒影在潮水中的一切，正面看得不夠清晰，有如夢境，但既然和海立下了盟約，也不悔對海的一份愛了。真的，我該回去了，回到成功村，再和她到天祥村去，站在大宋愛國英雄文天祥的銅像前，致上一份虔誠的膜拜，然後默默念著牆上的七個字：「留取丹心照汗青」，跟她在水池旁發呆了一陣子，也許這樣，厚重的歷史會更突顯彷徨，靠山的海會更激越張望，在我們還未曾離去前，對銅像的揮別，也是對海的揮別。

1977年　臺北

看日出

　　從聚會的歡慶中回到試劍山莊，每次都有不同的感懷和想念，一些剛賦別的人和一些已錯過的風景。以前沒到過嘉義，心中常浮現阿里山日出和落雪的影子，但很快的此次阿里山便成了別有洞天的長旅。

　　計劃中，先在嘉義渡過四天三夜文學之夜，然後到阿里山遊山玩水，當中有三天早起盡情觀看日出。

　　說遊山玩水，倒不是那一種純粹的閒情逸致，如練武強身，為武俠或武俠文學的藝術性及實用價值定位而辯駁，也是轟轟烈烈的過了一夜，這且按下不表。

　　正如有一次福隆聚會，回程時留念依依，在臺北火車站有人提議再赴他處相聚，蠢蠢欲動的心潮，成了在叉路口分手後各人返回山莊欲拔不能離去；有人寫成了「衣缽」，夜渡金山便這樣變成我們流傳的好文章，收集在他《龍哭千里》散文集裡。

　　換另外一個角度來看嘉義行，許多人便已相聚等候在山莊廳堂，作準備出發的箭，射向南方的嘉義某個風景線上。七天六夜的長途旅程，分別到了兩個陌生的地方，一個是平靜的校園，一個卻是雄偉的高山，說兩者不一樣，不一樣在於它們各有一雙

手，各領風騷千萬年歲的天地。我們在其間，如果是冬天，我們變成雪地的一部分，交融成一片麗水青山。

聚會前腳步未踏上征途，行程是一種待發的弓箭。

聚會時各種節目在進行，自己是融洽的茶水，茶和水調了味，融合，喝起來有點像空山聽鳥語，清澈，水滴兀自淌落，時日有些悠悠，自在的，忘掉自己的煩憂，好比抽象的一幅畫；可惜拙筆沒有顏色，繪不出彩圖，包容的色澤在裡面，盡善盡美。

譬如說即席創作，以前在詩社，打仗出征，經歷許多趣事和體悟，為之震撼良久，一時沒有記下來，就算是心目中的佳作，最後也是空留未曾描繪的好文章。無字天書埋藏在心坎，雖是好意念，沒有成文總有遺憾。

聚會一到，好像無限浪花打在岸上，豪情激動，有即席散文和詩創作，磨練心志，深摯的感情就有了依憑。倘若數月來思路閉塞，無一詩一文，這時在協同中學某個角落腳處，一支禿筆，一個半鐘頭的創作時間，瀟灑自如即成詩三首，自己滿意驚嘆，氣熬旁人，當之奈何！一個半鐘頭又寫成千字的散文，興起聚會時可歌和激昂的情愫，處處是妙語如珠的文筆。不管怎麼寫，挖空的心思，最後總期待這亮眼的一季豐收。

又如詩歌朗誦，以前看不懂的詩，一些經別人朗讀，大草原或小橋流水，朗誦者語調之抑揚頓挫，整首詩的意境達到極限高潮突起，斬獲更多，感悟更深了。

至於畫一顆心和填寫墓誌銘，更是好玩。有人畫心畫到天涯海角，欣賞者都無從捉摸其用意，後來一經他解說了半天，才看出點苗頭，若不經他一番苦心自圓其說，眾人是無從會意的。

就像其中一位社員寫成詩作，太晦澀看不懂。結果眾人皆說不能過關。要罰，他的臉上立刻飛上了烏雲，無奈的看著眾人，有「眾人皆不解吾深意」之感慨。

　　且不管他如何解說，沒有任何人看得懂就是要罰，罰什麼呢，那顆聚會畫的心最後出現在《長江》十四號的特刊上，算是最好的激發和留念。當然像寫一生的墓誌銘，有些人的碑文一亮出來，才開始逐句朗讀，由於字句奇特文思奔馳，眾人未聽完，已經開始翻筋斗，笑出淚水來。

　　在協同中學深夜怕吵到別人，不敢大笑，但一夜趣話鬼話連續講開後，無法控制聲浪，好想狂笑一番，記得小時候母親對我談起先父一生慘烈的故事，說到悲傷處，一時黯然神傷，就說道：「真是淚水往肚子吞啊」！現在這樣歡樂場合，想笑不能暢懷，興奮的笑聲好像兜著肚子迴轉，變成肚子痛，翻筋斗。

　　如今寫起懷念文章，回程後事隔多日，紀念這一段南下及登山的一點一滴，屈指間日出日落，指南山下的試劍山莊，聚會的每一個段落都是來訪者互相傾訴，即席創作的煎熬和作品催生的欣喜。告訴他們我們如何爭取時間寫稿，如何擊節高歌，有人看了《坦蕩神州》文集便加入詩社。

　　我的情懷還是阿里山輾轉嘉義的鐵軌，經由小火車沿途啟動，發出響亮的鏗鏘，呆板而生生不滅的重複著一個調子。我們在一格車廂上，下山的溫度從冷轉涼，又變為炎熱，身心一度疲累得連眼珠翻轉，卻是朦朧入睡了，但隨行的西門阿狗在車門旁到處張望，總覺得一片江山美麗，不忍錯過風景。

　　阿里山的鐵道曲折拐彎，老火車頭推動著車廂往前奔馳，車輪鏗鏘價響有如歸人急速的鐵蹄。這條奇特的鐵路，其間穿越五十多處山洞，稍長的三分鐘內不見天日，伸手不見五指；有時候，這種黑暗充滿了神秘，一種猜不透下一個月臺有多遠的天機！有人調侃說：到阿里山不看日出和雲海，就像到溪頭不看竹林一樣可惜。我們初抵阿里山，細雨便霏霏的下著，這三日來恐怕無緣看日出了。走在風動雲湧入夜的頂峯，始終看不出滔滔雲山的氣勢，卻有一股寒流迎風襲來。

　　回程途中穿過黑暗的山洞，血液常常在奔騰，像趕赴一場未知的盟約。全黑中，忽然前面車廂內，有人擦亮一根火柴，燃起一根香煙，那火花從前面閃爍傳遞，光影的喜悅，暖和的感覺。

　　我看到一座微笑的小火山，不傷害他人的湧現繽紛四溢的熔岩，這感覺就是山上的日出，因為，日出就像是這樣的景色，迷人，挑撥路人和遊客的驚喜，無數次在眼中閃過。我敢肯定，它就是那道別人想在山上黎明中一睹光彩的初陽，它是火花，日出也是一把火，把另外一個陰暗的世界照亮。

1977年　臺北

落腳處

　　一群人坐了八小時的車程，那是第四格車廂，從長長的列車中要趕赴一個盛會。

　　好像很遙遠的地方，現已在眼前變得熟識了，常常聽朋友說起嘉義，提起南潭的夜景，也有藍天，藍天掛上的雲彩。

　　南部和北部有何不同處，在印象中，只知道南部在小島南方，天空漸漸晴朗，把臺北的高樓大廈以及風塵僕僕留給每趟往南移動的車廂，自己的心思則要起飛。起飛了，渡到了雨後的晴空。她牽住我的手，要我看窗外，說：「你看天空多麼藍」。探向玻璃窗，嘉義瞬間就在自己的腳前，前一段路程的疲累，早已拋給往後繼程的車廂。

　　那時總想起，聚會前寄出去的許多信件，寫給無法前來臺北會合的朋友，告訴他們手拿一本《坦蕩神州》，見面時容易辨認，後來見到鄭榮珍，手上拿一本書，點了頭微笑並不說話，從此相識如燕子的初逢。

　　我的心田是飛翔的羽毛，要到南方去，那兒是落腳休憩的邊城，想像蕉風椰雨，一陣風浪，芭蕉葉像小舟遇到沖天的大浪，強撐的翻動，風停了，葉子還是老樣子，像英姿風發的當年。椰子樹一遇上風雨的日子，更裝扮成饒命的彎腰，看到它會擔心，

怕它會折了腰，斷了身軀，變成孤魂野鬼纏身。沒想到風雨一
停，它卻依然豎立享受著風和日麗。

　　到了嘉義火車站，以為會很多人會來相遇，偏偏只有鄭榮
珍。午後車站歇了腳四處張望，後來走過了熱鬧的街道，搭車到
協同中學。黃昏時雨點稀稀，落霞的時刻迎面走來兩個人，高高
瘦瘦又有點羞答答的，趨前來自我介紹的說：我是王萬象。另一
個，曾來過試劍山莊，如今再次相逢，很早答應說要參加聚會的
吳勁風。

　　我們見面沒寒暄，也少客套，只問為什麼不在車站等我們，
反而比我們早到啦，他們說在車站久等，就是無法和我們相遇，
他們不懂路，只好自個摸到協同中學來，見面時嘻嘻哈哈，把未
來前的一段辛苦掙扎經歷從頭訴說。

　　我們最後集合一齊逛校園，參觀四周的建設，前後的腳步聲，
猶似一路要作瀟灑的見證，知道盛會來時，鑼鼓開始響起，音樂
開始流動，歌聲開始傳揚。

　　臨夜晚，燈光亮起參半的黑暗。這一廳的明麗，把外面的黑
暗照得更坦蕩，正如有人在座談會上說的：他喜歡蠟燭，因為它
活過，並不認為自己的生命短暫。

　　夜深了，黃昏雨後一場座談會，剛剛結束。從一本書引發了
那麼多聯想，都是家事國事近到切膚之痛啊！散會後，心血像火
車一直要向前推動，走到外面小馬路，路邊有小樹，樹葉上有露
水，無意間碰到小樹，露水便冰冷滴落在手心上。

　　記得在一次很重要的演講中，有位詩人說到在夜深人靜時，
獨自伏案爬格子，詩寫到一半，忽然聽到窗外有雨珠自屋簷上滴

落。「嗒嗒的響聲，在此時此刻，那一滴一滴的水珠，就像滴進你的心坑，一時家仇國恨，無限淒涼的湧上心頭」，至此才真正領會著他當時的心境，連苦澀的滋味都感覺清亮。剛才座談會時一番話，如今還是深刻浮現在腦海。他說：「今天座談會從《坦蕩神州》談起，從張立明開始到張國治、羅海鵬、江秋陽到其他社員，好像一顆燃燒的火球，就知道它會越滾越大，到羅海鵬時終於爆發。」

幾次有話想說卻又哽塞，捏緊茶杯，想著我的前程。其實今晚我們應該喝高粱，今晚大家所談論的是文學的志向，有酒當可盡情助興。當娥真說「我的前程有千軍萬馬在鎮壓」，有如親臨現場，可惜的是，不能相聚的朋友無法聽到這席話。

我們走在校園的小道上，房中還有人在徹夜長談，像要尋找一處落腳，這一步跨出去會流落到什麼地方！不遠處偶有火車汽笛的呼嘯聲，和樓上的談話聲，笑鬧聲交響，我問自己：腳步應停留在何處？

那時候，還清澈的聽到有人在喚我，清嘯獨自出去瀏覽月色，想家。夜很深，一直深下去，甦醒時，一夜夢話，多遙遠，在南方。

1977年　臺北

第三輯

兩岸燈火

（1977-1978）

兩岸燈火

　　收入這本詩合集《兩岸燈火》中的三十九首詩,跨越一九七一年至一九七七年,當然以個人數年來作品的產量,不會僅限於此。

　　這些作品只是從百多首詩中挑選自己較喜歡和最滿意的一小部分。可是,它們並不完全代表我最成功的作品,因為有時喜歡和滿意還有一份特殊的感情和紀念價值,像一面鏡子,作為回顧時的認清,同時多方審察自己,那些是可以改進的地方。

　　回想起當初開始寫詩的情境,幾年後記起,總有一股快樂的滿足,雖然這幾年來摸索的日子很多,走冤枉路的歷程也不少,總像在點油燈,燈蕊在開花,卻始終無法沾到晶瑩的露珠,可是每有詩作完成,心中就有著莫名的喜悅,有時比孩提時過新年從父母手中接過紅包還來得興奮!

　　當初第一次在《綠洲》期刊發表的詩作,現在回味起來還是有著少女羞答的臉紅。至今仍能持續地寫作,都是瑞安的不斷鼓勵和賞識,並認清自己是走在一條光明磊落的道路上,個中坎坷崎嶇,唯有自己作出超越和忍耐,創作才得以持續。

　　後來美羅中華國民型中學初中三結業後,《綠洲》社的成員只有五位(瑞安、清嘯、雲天、超然和我)轉到當地綜合中學繼

續念高中，雖然在那間學校找不到志同道合的人，瑞安卻依舊花了不少心血不斷影響新人，《綠洲》期刊不間斷地一期一期的面世，付出的心血終得到有心人的回饋。

到了中五那年，不知何時自己對所寫的東西信心全失，又發現葉扁舟、許民強等雖不在該校念書，卻寫得非常出色，創作豐盛，自卑感油然而生。

是在某一天看了《綠洲》期刊後，心生感動，遂塗鴉寫成〈黃泥道〉，下課後，我在美羅巴士車站前的三叉路口等騎腳踏車的瑞安路過，抱著戰戰兢兢的心情把該詩交到他手中，並請他給予指正。沒想到第二天瑞安到了班上，把詩交還我，同時在後頁寫了十幾個評語，前面都是讚賞這首詩出色的地方，後段才提到詩的整體結構鬆散及用語不當之處，且一一標明句子個中優劣。

彼時清嘯也在場，我們三人是該校的「三劍客」，彼此常常切磋武功及文學，瑞安和我們談到文學時，常常介紹許多當代臺灣的作家底作品，余光中、葉珊、瘂弦等都是那時才開始聞名。清嘯向來看我不順眼，只要有機會他一定會極力回應，他忽然發現我在創作上大有躍進，受到瑞安的嘉許好評，遂心有所不甘，回家寫了〈在三月裡〉，隔天瑞安把詩交回給他，也是大大的讚揚一番，如此我們兩個難兄難弟，從互相看不順眼到互相欣賞。我們每寫好作品，必先交給瑞安過目，後頭若有他的評語，發現自己在進步中，著實興奮了一整天。

如果彼此發現對方寫得比自己多，就會回到家裡拼命的伏案塗鴉，希望能超越過對方。我們就在這種良性競爭中求躍進，不斷要求和鞭策自己有所精進，更上一層樓。

　　直到後來任平兄自彭亨州文德甲回到美羅山城，組合大馬各地十個分社，成立天狼星詩社，隨即又有每月的「唐宋八大家」，當時方娥真的出現，儼然一朵突出的花卉，詩齡短短卻勇追直上，幾超過「老頭子」的階段。那時也因有「唐宋」八大家的激勵，競爭強烈，不寫詩就不自在，寫詩幾乎是生命的一部分。〈山水〉及〈最後一條街〉是兩屆「唐宋」八大家的得獎作品，現都收入詩集中，以記當日任平兄對我們的培育。

　　詩合集大部分作品瑞安幾乎每首都看過，大部分也會寫上評語，這些指點常常給我很大的受益和啟示，說實在，如果當日沒有他的鼓勵和鞭策，至今否能持續創作下去，就很難說了。

　　如今時日悠悠，抵臺已三載，幾年來的勤奮耕耘，今得以和清嘯出版《兩岸燈火》合集，一個個激越的浪花，在心靈深處，無時無刻在擊打著我的心跳。幾年前初讀余光中的「一千個故事是一個故事／那主題永遠是一個主題／永遠是一個恥辱和榮譽／當我說中國時我只是這麼說／有這樣一個人：像你像我也像他」的憤慨和激情，寫作依然保有著那顆詩心，燃燒和延續。

　　清嘯和我，在我們（瑞安、我及乘風）這次回馬後返臺的一個深夜，偶而談及某一本詩集的議論時，忽而引發出版詩集的念頭，當時千頭萬緒，出書費用是最大的問題，既要自費出版，當然必須籌措出版經費，沒想到隔幾天後便決定了出版計劃。我們

一邊整理舊稿，竟漫漫長夜談論以前在詩社或在「黃昏星大廈」創作的情境，足膝長談，竟興奮得不能成眠。

　　幾年來的作品大致可分為三個階段。從一九七三年至一九七四年九月，是在大馬天狼星詩社時期的創作，雖不甚成熟，卻是最值得留念得一部分。自一九七四年十月至一九七六年六月，是臺來後，參加大專聯考，進入政大期間的作品。一九七四年九月廿九日瑞安、娥真及雁平來臺，我苦於簽證手續無法提前辦妥，被迫延至十月一日方輾轉至新加坡獨自赴臺，匆匆一聚，第二天雁平便南下到屏東農專上課。

　　我和瑞安分別住在臺北旅社及建國補習班宿舍，一時無法適應臺北的生活，瞬間離開大馬詩社的弟兄，寫了〈歸去〉、〈都是歌語〉、〈斷橋〉等詩，充份表現了一種背景離鄉的愁緒，截至後來考進了政大中文系，方有〈話本〉、〈紅橋〉、〈暮鼓晨鐘〉之誕生。當中一兩年內，以及前後清嘯相續抵臺，我們幾個人的作品，因有「五方座談會」的激發，雖在聯考當中，作品雖相形減少，但還斷斷續續寫了幾首自己較滿意的作品。

　　後來的時日，雁平還老遠從屏東回到臺北，小住數日，多半在「五方座談會」召開後才回去。這期間大致可分為第二階段的創作，在格調上應該是統一的。

　　自一九七六年七月十九日到一九七七年十二月末，兩度回馬，在馬的天狼星詩社因乘風來臺而不諒解，對臺北的我們產生誤會，兩度離合悲歡，感情上受到很大的衝擊。一九七七年一月一日神州詩社在臺北成立，這段日子雖在巨變中，卻是詩社在臺最輝煌的日子，聚會時的隨興創作，反而留下許多山水的背影。

每次詩社聚會，常有限時創作及文學討論會，近期大部分作品都是在聚會時寫成，像〈點頭〉、〈前程〉、〈樓臺望斷〉、〈等待和出發〉等皆是每次聚會的結晶，如果沒有這些聚會，我想我的作品將不會如此豐收。就把這時期的作品分為第三階段，以紀念在臺北神州詩社成長過程中的一段美好日子，也是我和詩社共同開創新局的一段歲月。今《兩岸燈火》得以順利出版，感謝瑞安、娥真的鼓勵，小樓的幫忙抄稿，以及小媛在百忙中替我們設計封面及內頁插圖。

　　這本集子同時的要獻給扶養我們長大的家人，但願他們在千里外的半島上，能共享這份歡悅。

　　但願在試劍山莊黃河小軒桌上燈前，我這盞孤燈能照明兩岸，以及我對他們的懷念。

詩合集《兩岸燈火》後記

1977年12月13日　臺北

雪從山中來

　　從武陵農場回到福壽山莊途中的直升機坪場，那一小塊洋灰平地，正是我們昨日冒雨練武的地方。看到山頂上一片純白的雪景，那是有生以來第一次看到冬雪的模樣，冷和熱在交疊，也有喜悅：那積雪尖尖的擎在山峯上，深綠色的松樹夾縫中更顯得白皚，又層峰環繞，偶有白雲從山上飄過，像棉花般鬆鬆的散開，好像雪霽日出，清純好看。一旦雲層消失，它便如劍拔的峰巒堅實如眼前所見，一路鋒芒畢露迷漫開來，真的好一片雪景啊！

　　有人說：如果住在雪地山腳下該多好，觸及便是松山雲雨，曉陽雪景，徹夜鳥語。有人說：那雪山像老人的白髮，一根根刺向時光的顏臉，無情，消融後綻放來年春天的氣象，時日悠悠年復一年，季節輪換。

　　或有人說，在臺灣，難得看到雪花，文學作品中的雪是虛無飄渺帶著幻想。剛抵達福壽山莊，看到那白皚皚的形影，卻愛上了雪山，滿山的冰雪如畫，給人那麼多聯想，如夢，如詩。

　　神州詩社社慶這一天，一九七八年元月一日早晨，我們來到梨山，原先預備住在周念慈親人的別墅，最後卻決定住在機場附近的小屋。所有梨子樹和蘋果樹在這季節變得光禿禿，任寒風吹刮侵襲，好似彎身搖手的在迎接我們。

往梨山的路上峯回路轉，山在轉人在轉風景在眼前消逝，看下去是千丈的山谷，有時看不見底，有時只有白霧和雲朵，仙境般人間寥落。有時是深潭瀑布，往下看便覺車子和人都在往下墜，緊接著一個山洞在眼中出現，忽然周遭是漆黑一片。車內燈光明亮，歌聲嘹亮震得山壁還有回響。

　　然而一切與出發的想像不一樣，像去年社慶去溪頭尋幽，尋索了半天才安頓住宿；現在，未抵梨山前，開始時是住處沒有著落，後來終於有一個雪地的家園，在合歡雪山腳下；小屋內是圍爐歌聲的廳堂，歌者是百里相約而來的旅人。

　　就說昨天的練武吧，我們苦於屋內場地太小，無法容納十幾個人，只好在雪雨中穿過小泥路，到直升機坪場上去強身，行動不方便的念慈也一起在冷風中和大家一字排開，擊打出虎虎拳風。眼看著寒風把耳臉刮得紅腫，期間忽然一場大雨，漸漸發現腳板火熱了起來，一看，原來地上結冰了，我們是赤腳來的，也打著赤腳回去。

　　從武陵農場回到昨天的練武場，正是晴天的夕陽，映照著棕黑色的蘋果樹散發金亮，連雪也是。福壽山莊不再是昨日的霜冷冰寒。在陽光底下，蘋果樹不但枝葉光禿，再也無法重見盛產時紅潤的蘋果，少女般把行人的視線奪回同一處焦點，雪山。

　　這就是梨山，充滿了閒蕩。前天的聚會我們一路的顛簸成了昨夜床上的笑鬧的怪歌，和最冷的練武場及最溫飽的飯菜。也許因為住在雪山腳下，我們變成最經得起考驗的人，做出一些不可能的事。三天兩夜的聚會，時日總不聽使喚，很快的就消逝在雲端。

　　當我們離開那間小屋，冰雪開始融化。我想，應該是回到臺北觸動便可及的陽光和思念的試劍山莊了。我想像著我們已經在回程的車上，從高山繞過平地蛇形而去，越是久遠的事跡越可堪追憶，眼前是一片清溪，流過山洞，流過田野和市鎮。

　　在許多美好的記憶中，後來到了臺北車站天橋下，陽曆除夕晚，瑞安、娥真、雁平和清嘯等已先我們一部車子抵達車站；我和玄霜及劍誰，提著重重的行裝，趕往公路局西站的當兒，於琰黃的燈光下，有一個年近五十的婦女，穿著雨衣，發抖捧著一籃水果，見有行人路過，便喊叫著：四粒五十塊，梨山蘋果。只見籃中的蘋果，紅得有點冷霜，在夜雨中視覺恍惚，顯得沉重，好似我回程的心情。

　　在梨山相聚的日子，那麼輕鬆愉快的流失，留下一股輕愁，給那群在臺北吃不到梨山蘋果的孩子，視線停留在天橋下的婦女的身影，在車聲和人影中模糊消失。

　　山上在下雪，山腳下的路在下霜，蘋果樹在忍受一個季節的冰寒，等待開花成長，眨眼間又是另一年的社慶到來。風雪飄飄不覺渺茫，化成水泡，滾動在回家的溪水間。

1978年3月8日　臺北

過新年

　　每逢快到年節前幾天，我們村子裡的家家戶戶開始熱鬧起來，準備做年糕的心情，期盼相聚，冬至帶著喜氣，吃湯圓，長一歲。

　　一家大小把家中四處清掃洗刷，這氣氛多像在熙攘的人群中，碰上老朋友，暢談甚歡，忘了現在是什麼季節。

　　是的，說季節我就想起熱帶的橡膠林，每天中午，就聽到橡膠的果實在烈陽下爆裂開來的聲音，嗶嗶啪啪的，整座橡膠林頓時變成一個音樂縈繞的世界，單調的拍打同一個音符。然後，果實依舊天天在爆裂，形成顆顆果實落下疊嶂自在的樂園。

　　我便在這樣的樂園裡，小時候和姊姊到橡膠林裡去撿拾乾柴枝，用作燒菜煮飯，天天聽到那果實爆發的聲音，清脆響亮。邊拾乾柴，一面撿果實，裝滿衣袋褲袋。還常常遇到成群山猴，我和姊姊追逐牠們，牠們奔命跳躍，如表演特技，跳到一枝細小的樹幹上，眼看著它彎折得快將折斷時，那山猴迅速地躍起身子一彈，又往另外的樹枝上跳去。我和姊姊追趕到氣極敗壞時，索性不追了，停在樹下休息，牠們也跟著不跳了，還呱啦呱啦的亂叫。

　　我們愈發生氣，裝滿袋中的果實，就坐在樹蔭下休息，拿下笠帽，揮揮臉部的汗水。牠們也惡作劇以手腳學著我們揮汗的模樣。我們越氣惱，越想追打牠們出氣，結果有一次我們越追越遠，像闖入了深山，無法辨認方向。所幸廣闊橡樹林還有小路，幾條小河，我們常在那兒捉魚，就從幾條小河辨識歸路，聽著果實開花結果的喜氣回家。

　　我就這樣，在那個熱帶橡樹林，大白天嗶嗶啪啪的園地裡，渡過了二十年。

　　這幾天冬至快到了，冬至過後，新春的料峭將降臨在這片土地上。以前在家鄉聽媽媽說新春就是過年，在一年四季皆夏的國度，也不知道春天是怎樣一種情境，只聽到一首歌說：「春天裡的花開得美麗」，心中抽象的春天也加深了幾許聯想。

　　歲月悠悠，闊別熱帶的橡膠林已三載，今將在臺北渡過第四個年關；我那件自建國補習班至今還陪伴我的薄綿被，也將陪我渡過漫長的四個冬天。

　　現在我才知曉，原來在臺灣過新年是這麼一回事，不是遇上寒流，就是氣溫降冷。我喜歡在接近冬至的那些時日，守著燈前遙想，冷風中還帶點溫涼。

　　冬至過去了，新年以大紅的彩畫降臨在我們四周，很多老百姓家門都把「福」和「春」倒貼，意指福氣和春天從天而降。過些時候到到十二月中旬，書攤上開始不擺賣書籍，卻是大紅大綠的賀年卡應市，充滿喜氣。我要買幾張繽紛耀眼的年卡寄給家人朋友。可是在臺北，陽曆年和農曆年相形比較之下，每逢陽曆新年，臺北市各書店書攤，年卡及聖誕卡是那麼奪目，真正的農曆

新年的氣息並不怎麼濃烈，我們收到家鄉的親友及家人寄來的賀年卡，新年倍感思親，又伏案寫了幾封長信。

　　這使我想起熱帶的橡膠園，果實在大熱天嗶嗶啪啪爆響，我多喜歡那種自在和自滿，江水東流，我還是那唯一果實爆裂時嚮往的聽眾，知道要過年了，要寄一張紅色亮麗的賀年卡回家，心中滿滿的祝福和問候再多一次航空出去。媽媽說冬至吃湯圓長一歲，要成才，為了這句話，就到臺北找遍紅湯圓吃，回程公車上依窗想家，遲早要春天的靈犀知道，也要遠方的母親及家人知道。

1978年　臺北

跨出這一步

拿起稿紙，收拾一下心情，總覺得寫散文是件不容易的事，比起構思創作新詩，甚至是寫論說文，都還要難。

寫散文既不能感情氾濫，亦不能過分理性，寫文章一板一眼，讀者較難進入你的思維中。溫瑞安編選神州文集時把詩當作花，把散文當作草，把小說當作樹，這是因為它們語言的表達差異，形式不同，而產生各自的美感特色。

草之為草，乃因它纖細，風動而易搖，青翠而充滿了生命的活絡。是以散文創作，所呈露出來的形態，應該是一株小草，或是大草原；短小的散文應該是一株小草的青春活力，長篇的散文應該是一望無垠的大草原，綠得發亮，撩撥一片大浪，捲起千堆雪。

我在散文的創作上，不但寫不出一株小草的青春亮麗，亦寫不出一篇能捲起千堆雪的長篇散文。我在散文的天地，始終是一個徘徊者，不能翻山越嶺的把心中的訊息傳到另一個山頭，等待對方的回應。

常常沈埋在自己心思，若不寫自己，寫散文就將失去生命的意義。這也是我一直苦尋超越而跨不出去的一大步。在散文的創

作過程中，花費的心思和努力畢竟不大，乾脆中途放棄不寫，最大的原因還是受到詩的語言所影響。

寫散文最大的感慨，莫如「學文不成改學劍，劍也練不好」，但就算有這點觸動，也要把這個難題克服，像桌燈前兩行字：「能行難亦易，不行易亦難」。

回想起在初中那段寫〈故事〉的日子當中，現在事隔多年，在抵達臺灣的第四年度，秋天好像一片盛事以外，還有一層薄薄的陰影，籠罩在大地下，使人覺得憂心，倍加傷感是人生沒有盡頭，有山沒有樹。

每逢十月，秋天的雨如棉花般的細長的飄落。常常，我和詩社的兄弟每次深夜歸來，從一個公車站到另一個公車站隱去。在指南山下，無數燈火如霧，迎面而來閃耀進眼中簾幕，清新而惘然，恍若一片遠景，常常是濛濛細雨。

回到試劍山莊「黃河小軒」，再提起筆，多少年的辛酸都飄搖如霜雪，如冬雪的錯覺和故人溫馨相遇。那時桌前一盞燈影，把未知的前程，擱置在陰晴的未來，有時茫然，有時驚慌失措。

一想到前程，卻有無數的徬徨與想跨躍的步伐，自己只能像輪子飛快向前旋轉，連留下來觀看的時間都無從把持。現在我們有了詩社，有許多兄弟般感情的朋友，在詩社一起共事，意志要完成一番事業，我們不爭一日短長，而是爭百年光輝的風雨，照亮詩文的畫冊。

至於我如何會寫散文，正如我為何和瑞安、清嘯、雁平及娥真千里相隨到臺灣充滿奇蹟。在海外，維護中華文化的命脈從不落人後，抵臺後，創辦神州詩社的事業是那麼自然的道理。我始

終覺得我的散文和詩社整個家有關連，是切不斷的一條線，大部份作品皆為聚會時創作的感懷。散文寫到最深刻時，卻不知道自己身處何方，生命中充滿無限憂患！

　　那散文寫到最深處，是不是「天下之大，莫過於兩邊的懷念」（註），不管這兩邊的懷念寫男女之間別後思戀，或是寫一個離開家鄉想念家人的依依不捨，還是寫離開國家之後的憂國之情，天下再大，也比不上兩邊的懷念了。每年十月來臨，尤其當我第一次踏上臺北盆地，頓時隔絕在一大片橡膠林與高樓華廈之間，使我鞭長莫及的要去穿針引線，最後做夢，夢見自己天涯浪跡找到引渡兩岸的船家，以划龍舟的速度，傳遞了兩地的相思，以及我對故鄉家人的問候。

　　但在兩邊的懷念中，我始終跨不出遠征的腳程，始終沒把散文寫好，無法勾勒出心底的糾結。

　　十月來了，像仙女的扇子，喚來了風和雨，漏夜不停地在指南山下飄散，如凌晨指南宮鐘聲迴響，一個時代又一個時代的傳揚下去。

　　此時傳到了我的耳邊震撼不能入眠。

　　歲月的影像在身邊左穿右插，百般閑散，可是我的散文呢？我還是那麼不滿意自己寫散文的態度，我的散文連一株小草還不如，甚至連露珠的一點一滴的洒脫都沒有。

　　如果我連小草也不像的話，那我寧願自己是房中一盞小燈，照亮窗裡窗外，照亮十月多風、冰涼的夜，有日月星辰與之爭輝，共同懷抱憂歡的歲月，留住溫情的人間，不留一點憾恨。

註：「天下之大，莫過於兩邊的懷念」為溫瑞安山河錄〈峨嵋〉起頭詩句。

散文合集《歲月是憂歡的臉》後記

1978年10月13日　臺北

第四輯

守約

（1989-2005）

多想跨出去

　　當《蕉風》的編輯對我說，給我三個月時間，交出二十首詩，替我做個專輯；我的心情馬上變得很惶恐、很沉重，也很興奮。

　　惶恐是：我已六、七年不曾動筆寫詩，禿筆久不動，更心灰意懶，叫我寫詩，倒不如叫我跳進荒廢的錫礦湖。

　　沉重是：對詩，一向都很熱愛，愛到發狂，寫詩的日子常令人失眠，半途停頓卻欲拔不能，廢寢忘餐；這無形中加重我的擔子，生活是一個擔子，寫詩也是一個擔子。

　　興奮是：我又有機會抒發一己的情懷，把這幾年來所見所悟，應用詩的過濾器，表達出來。當這些詩作變成打好的一行行鉛字時，那種滿足感及快感，更不是筆墨所能形容。

　　許多朋友常問我這樣的問題：為什麼開始寫詩了？

　　有三個主要的原因：

　　一，我的大哥，今年四十八歲，一生勤奮不懈務農。開齋節那天，我照常工作，但不知為什麼，心情極壞，兜生意也不順利，駕著車子像在推牛車，只好提早回家。回到莎阿南，還沒上樓，內人兩眼通紅，說家裡來了長途電話，大哥被水淹死。我甫出娘胎，父親便離開人世，整個家的擔子便落在母親及大哥身

上，他們含辛茹苦，把我們五姐弟撫育長大，過著一生中最多災苦難的日子。沒想到大哥年過四十，家境稍有好轉，便離我們而去。奔喪後回來，常常失眠，每想到白頭人送黑頭人慈母，每提起大哥的事跡，便淚水滔滔如泉湧，當之奈何！午夜夢醒，起身倚窗北望美羅河潺潺流水，可有大哥一生碩大巨影，在我夢中長駐？沒想到大哥的一百天忌日未到，內人卻在某個午夜肚子絞痛，住院後孩子便宣告流產。在短短的三個月內，我竟失去兩個最親近的人，使我不得不抓起筆桿，有股衝動，要寫些東西，來紀念他們，〈家〉和〈等〉就是在這種情境下寫成。

二，十年前我們在臺北從事出版業務，我負責發行部，常把出版社的叢書及《兩岸燈火》送到老詩人周夢蝶先生武昌街的書攤寄售。某個冬天的下午，我又提了一大包新書，往武昌街走去，詩人蹲在書攤陰暗處，把重重的書本往書架上排好，要開始一天的賣書生活；我看在眼裡，痛在心裡，趨前去，不知說些什麼才好，詩人一臉蒼黃，偶爾咳了一聲，像把整個冬天的寒意都吞進肺腑。後來我才知道，臺北許多出版商，都是把新出爐的書籍送給他銷售，而不收分文；但我卻殘忍地每次去收回那些已賣出的書錢，我回來後內疚至今，當日和老詩人同樣處在窮困的日子，卻無法忍受自己當時的無情無義。後來，又聽朋友說，他的書攤停業了，而我一直沒有他的音訊，心想自那一次別後，只有來生再見了。再後來，看到《七十五年詩選》及《七十六年詩選》，除得知老詩人還繼續創作外，而且寓居士林，心中狂喜，卻恍如隔世。從那天開始，我就下定決心，要效仿老詩人，活到老，寫到老。

三，余光中先生，我一生中最敬重的詩人，也是我的文學老師，雖然他沒教過我的班，但在寫詩的道路上，對我的影響巨深；尤其在心境低落的時候，每讀他的詩章，那些鏗鏘的語句，常促使我鼓起更大的勇氣，去面對一切，更覺得自己的一點點挫折算不了什麼。記得當年與清嘯、瑞安等編綠洲期刊《余光中專號》手抄本，現在看起來有點粗糙，卻很有意義，對往後創作的日子，有著很大的影響及潛在著無限的啟發性。

　　在此，特別要感謝謝陳慧樺兄，去年中旬，我們有緣同遊古城，在車上，他不斷鼓勵我，勸導我，甚至要我忘掉許多不愉快的往事。也因為那次旅遊途中的深談，使我對「為什麼一定要寫詩」這大大的問號，變成生命中無數逗點，延續著我要走的一條路。至於《蕉風》的編輯，尤其是許友彬的勉勵，同仁們更是不遺餘力，給我機會與信心，促使我在創作期間，不敢懶散、馬虎及草草了事；而這個小輯裡大部分詩作，都在臨睡前、駕車兜生意途中（紅燈等綠燈亮起那一、兩分鐘）及《蕉風》編輯室完成，渡過三個月天昏地暗的日子。與此同時，老友周清嘯、廖雁平及余雲天也在我心境極端惡劣時，不斷刺激我，叫我緊握著禿筆，在這漫長的詩路上開拓一個未知的宮殿。

　　這十九首詩，也是我唯一能夠做到的，對這些知音和舊友的回饋。

1989年　莎阿南

德士上完成的兩首詩──兩種心情的抒懷

　　一九八一年，我從臺北回到家鄉，曾經為了理想和抱負走過一段坎坷道路，過後決定不再聞問文壇興衰，決定與繆斯絕緣，從此封筆從商，過一些與世無爭的日子。

　　一九八五年，適逢經濟不景，生意慘淡，瀕臨絕望之際，老友葉扁舟提議，不妨嘗試駕半天德士，暫時應付燃眉之急，又戲稱：「手抓金剛圈，腳踩火輪盤」，好像對這一行業的前景充滿信心。

　　沒想到如此這般載送，一晃就是駕了七年的德士，日夜在車輪轆轆中計算著乘客的歸程。

　　八九年中旬，《蕉風》主編許友彬建議替我開闢特輯，希望我能提筆重寫。那時我想，我已七年不曾動筆，詩潮枯竭，接受這樣的挑戰，心中確實興奮不已，但亦很惶恐。在這種衝擊及鼓勵之下，大部分詩作都在載客生涯的車上完成，有時靈機閃現，擱置德士在路旁，有時詩興大發大半天整個人躲在《蕉風》編輯部寫成的詩稿也不計其數。這些歲月是創作最豐收的時期，那段時日敢情可以用八個字來形容：「天昏地暗，不捨晝夜」。

　　一九九一年八月十七日，我在一天之內完成兩首詩，一首在早上寫成，一首寫於落暮的黃昏。兩首詩在不同的場景與心情下定稿，也很有紀念意義。

那天早上，我像往常一樣，常在人客稀少的時段（九點至十點半），在街邊大排檔喝茶，同時小憩片刻。途中路經一間神廟，忽聞有人敲鐘唱題，遂聯想起在幾個月前曾和妻子及孩子在怡保三保洞旅行所見所聞，並把當時洞中的人潮出入、拍照、岩壁補畫、眾人唱題的歷歷在目情景捕捉入詩，沒想到此詩是如此的悲觀絕望，有詩為證：

> 那人為夢尋根，沒有結果
> 野獸爬上天堂，眾生走入地獄
> 佛在金裝，念珠落地
> 鑲嵌進夢的焦土〈梵音〉

到了黃昏，載了三個日本遊客到萬宜工業區國際牌工廠，停歇之際，看到廠房後面的山巒起伏，一道彩虹展現。心中喜悅，對著大自然歌頌和欣賞，也對人世間充滿無限希望，遂在短短的三分鐘完成〈鄉野〉這首詩，一時朗朗上口，愛不釋手：

> 輕工業和樹一樣綠的工廠
> 煙囪在加班，緩緩的
> 幾隻雲雀飛過光禿禿的
> 山腰，向南隱去
> 一輪紅太陽，掛在天邊微微笑

1992年3月5日　莎阿南

在歷史的掌聲中

廿年來，詩人在一個理想追求的憧憬與破滅之中，終於尋獲人生最有價值的財富，那就是，好好生活下去，並掌握生命的血脈，融入社會的主流。

改變就是永恆。

當掌聲成為歷史，美夢變成真實生活，同時淪為巨石的壓力，詩人有必要回到家裡，孤燈下，記錄每一首有血有淚的詩篇。

《詩人的天空》能夠出版，要特別感謝許友彬。他說，出版詩集並不如想像中那麼困難。我依照的方法去做，先拿詩稿去植字，然後……。

同時要感謝慧樺兄及老友周清嘯，他們不斷鼓勵我，叫我拿起筆，一路寫下去便成為一九八九年最豐收的一年。

蕉風月刊多年來對我的提拔栽培，姚拓先生在序文中點醒我的創作危機。一位我仰慕了廿多年，才華洋溢，詩畫俱佳的新加坡朋友瑞獻兄，不曾謀面，只因蕉風月刊和詩緣，通過幾封信，便毅然答應撥冗為詩集封面畫像及寫序，使《詩人的天空》詩集的出版更具意義。

詩集即將付梓，正愁著出版經費的當兒，卻傳來添拱添星二兄及益新的李子平先生的傾囊捐助，免去詩集遲遲拖延出版的焦慮。

《詩人的天空》在這種情景下出版，意義更加深遠及重大。

詩人看到一片清亮的天空。

天空下，一切都那麼感性和溫馨。

詩集《詩人的天空》後記

1993年4月2日　莎阿南

鬧事相知

　　是三年前的一個夜晚，《蕉風》月刊主辦三十八週年的回顧展晚會，邀請來自中國、臺灣和本國的評論家暢談馬華文學的展望，會中學者皆對姚拓先生主持《蕉風》三十八年的堅定立場及在虧損的情況下強撐下去的毅力非常敬仰，在文藝的夢土上保留一席純潔的疆土，以供寫作人拓荒開墾。

　　是夜星空燦爛，晚會上我與詩人葉明初逢，在生活的交會中開始添增了不少晶瑩剔透的朝露，點滴累積了厚實的情誼。

　　之後我們成為深交，寫作上相互勉勵，堅持在文學的藝園栽花種果。彼此卻從不提過往的事跡，好像都想隱藏灼傷的那一段歲月，浴火的鳳凰渴求新生，留待詩的語言傾訴，在鬧市的海角天涯，匆匆見面，又要為生活的節拍加快速度趕路。

　　那些時日，我們經常相約參加文學講座以及其他類似盛會。那時我們一有新作，便急著讓對方搶先閱讀欣賞，記得我曾多次在他面前提及他的文字架構有時稍嫌鬆散，措詞嚴苛，但求他能加以改善，日後必成大器，況且近日他在創作上，不論詩、散文、小說，寫來皆令人激賞，我想我對他的期望，以及對他的嚴厲批評，他當會了解背後的深意。

誰料生命無常，七月初他來電告知已患上癌症，等待經過院方證實，我聽後宛如晴天霹靂，頓時無法接受這個事實。我與他相識三年，從未曾見他提及身體有任何不適，每見他來留臺聯總約我午餐聊天，快步走上四樓氣也不喘，行路健步如飛，駕車反應靈敏，萬萬料想不到他已與胃癌交戰多時，待到末期，方知不妙。

　　今年年初我和潘碧華、葉明等在八打靈大人餐廳用餐，我曾建議將文壇老中青詩人作品蒐集，為其他詩友了結出版詩集的小小心願，也為彼等在創作上相互勉勵，激發出更豐富的作品，在詩壇上交出自己的成績，添增多姿多彩的畫頁。然而這工程並非半年時間可以完成，今葉明忽患惡疾，我和他相知相惜，於是在倉促的籌備下，出版了《風的顏色》詩選合集，作為一個完整的紀念，也了結葉明出版詩集的心願。

　　如今葉明再度住院留醫就診，生命危在旦夕，昨夜與數好友探訪，他已迷濛入睡，眾友唯有不捨的留下祝福，然而我卻要他堅強的看到《風的顏色》詩集出版，我說：我一定在第一時間送到他手上、他的懷中。

　　當日葉明證實已得癌症時，曾在我面前感嘆人生無常，當他逐漸把家庭經濟搞好，還清一切債務，卻在此時此刻，遺留那麼多的憾恨，深夜回家，仰望天象，為何獨留我星夜飄零，好友卻與死神纏鬥掙扎，生不如死！

　　葉明這坎坷身世，沒想到在他多年前的詩作早已埋下了伏筆：

而今我必須把一切都遺棄

因為天涯路上

仰望是一場風雨

俯視是一路崎嶇

我總不能帶走太多的東西⋯⋯

寫這篇後記，憶念好友，以詩緬懷，成了永久的印記。

詩合集《風的顏色》後記

1995年9月25日　莎阿南

那年我們在臺北

一九七四年十月，車道的冷風呼呼而來，中秋的感覺有點陌生，但在夢裡卻常常浮現。

我們分開告別家鄉小鎮，就在臺北館前路，細雨霏霏夾著微冷的天色，灰白得看到人影城牆都有點模糊了。想家的愁緒濃烈，沒有酒，卻有溫馨的月色，我們終於在臺北會合了。

這一天我們真的在文學之都的異地重逢了。

是文學的情緣，或是繆斯的呼喚，我們五人當中，四位先抵達臺北，周清嘯為籌足學雜費，留在美羅打工隨後來臺，廖雁平在臺北住了幾天，就到他的屏東農專與農莊的瓜田果園報到，暫別喧囂的城市。然而，夢裡的詩社卻逐漸清晰，心中的嚮往更趨濃烈。

輾轉到了和平東路與羅斯福路，大家終有了住處，也稍為安定下來，但澎湃的詩潮，強烈的思鄉，反使我和清嘯、娥真等常常見面、敘舊，在文學的天地裡找到淨土，在相互切磋及創作不輟的情境下，完成許多可歌可泣的詩篇，隨後出版詩刊，創立詩社，形成大夥兒在文學創作最為豐富亮麗的季節，「振眉詩牆」的創作常有娥真的佳作，行文清純而雋永，更刺激我的創作慾望，突破自己。

　　她寫的〈捧心〉、〈掬血〉，都是那個年代大家朗朗上口的
精品，她在〈掬血〉中還將詩社的場景在末節作了預知的表白：

　　　　我們曾經有一個詩社的家
　　　　我們曾經活起一段情
　　　　後來檀香般焚散，老了下來
　　　　像一個悟，一滴淚把一切看破
　　　　西風夕照，原來都是夕照西風

　　是的，西風夕照，原來都是夕照西風。不管發生什麼事情，
我還是我，我們都將堅強的活下去。春夏秋冬，那時候的詩社，
文學活動頻密，群體生活的喜怒哀樂，都一一攝入了我們繆斯的
天窗，娥真也常在創作方面給予我諸多鼓勵與鞭策，形成了相知
相惜。
　　各種生活情節，匯集成江水長流，在記憶最深處沉澱。她在
散文、詩歌上所開創的獨特風格，不但成為詩社同仁的最愛，對
當時同期社友亦影響深遠。她的才情如此標致，難怪余光中當時
在詩集《娥眉賦》序文〈樓高燈亦愁〉中如此誇讚：「方娥真，
大概是敻虹之後最醒目的女詩人了。」並豪氣將「繆斯最鍾愛
的幼女」的美譽，移贈方娥真。
　　在這幾年美好歲月當中，由於她的創作多產，風格獨特，
落筆洒脫，文采雋永，促使我與四季出版社及源成出版社洽商出
版詩集《娥真賦》與散文集《重樓飛雪》，玉成此二書的付样問
世，奠定了她在文壇的基礎。

在那段經濟來源不足，喜愛逛書店狂購文學書籍的日子裡，一本本當代文學巨作懷抱著渴求苦讀溫潤，生活的節拍有知己的樂音。娥真對我的關懷備至，在羅斯福路五段四樓的詩社，每近黃昏，她常在樓上等待社員的入暮歸來。以下為她對我的一段抒寫紀念，如今讀來，卻是感慨萬千：

> 入夜以後，家中回來的人都在歇息了。這時，還有一個人的蹤影不見，他就是黃昏星。
>
> 黃昏星的腳步一響，樓梯間便傳來走了調的歌聲。那詰屈聱牙的聲音起伏不定，拉高得尖叫時忽然又落下來，壓在喉嚨裡模糊的低吟，他的歌聲一上樓，我們一屋子的人都笑了。
>
> 他最苦，每天上了課之後就在餐廳工作，所以很夜才能回來，他回來得最歡樂。任何人叫他幫忙，他都理所當然的答應，蹺了一星期的課也要辦。他做得習慣了，人家要叫他幫忙也好像是應當的，彷彿他是隨從一般要負上這份責任。我們看了很不平，罵他不要每一件事情都攬在自己的身上，但他的眼睛很無辜的看著人，好像不能適應這個世界。……
>
> 入暮時如果看見他的身影，最有滄桑的感覺。那寒酸的影子，像毛筆字瘦削的一拖一捺，有點匪夷所思的消遙。每當聽到他回來的歌聲，以及帶點神經質的步伐聲，我欣悅地說：「黃昏星回來了」。尤其當他提早回來時，

心理特別輕鬆，好像了結了一椿負擔，知道他可以歇息了。我們又可以熱鬧了。

　　到了八十年代初，詩社發生巨變，娥真身陷囹圄，詩社也宣告瓦解。事情來得突然，晴天霹靂。每天早上，我抱病騎著腳踏車，到五公里外的獄中看守所，將親手熬煲的白果甜湯，滾熱的送到獄中，可惜幾個月都無法求見一面，唯盼她看到白果甜湯如見其人，苦在心頭，但心坎上稍有甜熱的溫情。

　　因為文學，帶來了相知相惜，因為詩，使苦澀的時日充滿甘露，更因為詩，我衷心希望娥真抒寫她的內心世界，感情天窗，不要再自嘆「所有的可憐都姓方」。更祝願她幸福，詩和人都展露《娥眉賦》詩篇的文采和雋永，心靈之窗擴寬更廣的視野，亮麗，而且永遠。

　　更希望當日共患難的詩社諸子，在她的記憶變成畫冊，偶記留影，不再記憶也無怨無愧。管他現今亂像雜陳，當日清純的詩心，我們所擁抱的是璀璨的七十年代。

　　在行雲流水的人間，像她那首〈高山流水〉組詩中〈琴〉般撥弄絕唱的音弦：

　　　　若我深夜弄琴
　　　　音樂為冰寒
　　　　為山綠
　　　　為水暖
　　　　山水之外是風花，是雪月

雪月風花外的你正為琴聲而趕路

路在東南　在西北

在四處　在無人

處。卻有空城深深

空城外的腳步仿如月光下的微塵

在風中走向一首絕後

一首絕後，而無空前

空前的你正為眾容而沉寂

此外便成了失傳的後裔

此外便不再有知心的音容

2003年2月1日　莎阿南

守約——悼念周清嘯

二十世紀六十年代末至七十年初，霹靂州美羅中華中學的課堂上，出現了一班白衣少年，他們集聚在一起，傾聽同班同學溫瑞安的口述武俠故事《血河車》，都是很久遠很久遠的事了。上課鐘聲一響，他們各自回到課室上，心中期待是更加精采的「下回分解」。

溫瑞安口才好，文學造詣高，組織能力強，大家因文學而允文允武，並結合喜愛文學的好友，共同創立綠洲社，溫瑞安一呼百應，充當火車頭，蔚為一時之風氣，往後的溫任平兄坐鎮天狼星詩社及再往後的臺北神州詩社，都是以綠洲詩社作為開端。當時美羅的社員包括：黃昏星（李宗舜）、廖建飛（廖雁平）、休止符（周清嘯）、藍啟元、葉扁舟、余雲天及吳超然。

大家因文學的情緣，結義為兄弟。

八人當中，溫瑞安、黃昏星、周清嘯、廖建飛先後赴臺，共同創立神州詩社。四人皆在美羅中華中學結緣，情誼超過三十五年。

周清嘯和我同住瓜拉美金新村，周父為本村村長，貢獻良多，得到村民的讚譽。周父往生後，清嘯舉家搬到美羅伯父家寄宿。

自小喪父的周清嘯便養成了剛毅和自主的個性，處事明快直接，承諾過的事一定會依時交差，為人講義氣且樂於助人。

我們因文學而結合、結義和結社，也為理想付出了青春歲月而無怨無悔，情誼因而更為深摯。周清嘯詩作抒情兼寫意，我們的詩選集《兩岸燈火》在臺北出版時，還常常收到一些讀者對他情詩般的風靡和讚許，其中以其憶先父為題〈十年〉最為真摯感人：

最後還是憶起你了
在夜裡雨落哀幽的窗前
一盞燈可以亮多少年？
朦朧的是我沾雨底眼
風揚起了窗簾，揚起了花色的
窗簾。默視外面的雨景
濡濕的世界，三兩盞孤燈
淒楚地亮

那年，春天茂盛滿院子
你底唇淡淡形成天上的月
照我走長長的古道
牽我的手仍是那麼溫馨
沒有一聲再見，匆匆地
我們分離已十年

　　　　想起你，在白燭垂淚的堂前

　　　　你的一生都寫在屋前

　　　　隨風搖晃的兩盞白燈籠上

　　　　那時不知你親切底眼

　　　　何時已變成冷冷看我的照片

　　我和清嘯一樣，自幼喪父，清嘯在詩中還可隱約勾勒出其父在生模樣，而我呢，我連家父是什麼樣子都沒有留下印象，只能從母親口中揣測一二，因此清嘯憶先父的詩作，在我讀來卻是誠摯感動和深刻。

　　周清嘯一九七三年首次赴臺，因太過想念我們毅然休學返馬，得不到伯父及哥哥的諒解，在美羅油站打工，當年他就和我一起住在「黃昏星大廈」。

　　說起同住，我們兩人自「黃昏星大廈」開始，臺北神州詩社更不在話下，連回馬後在吉隆坡上班開始，我們便在阿羅街同住，住了兩年，隨後還搬了兩次家，一次同宿陸佑路，最後一次則是在他到《馬來亞通報》當編輯後，我們和翁文志等在八打靈舊街住了兩年，直到八十年代末，清嘯在莎阿南購置了一幢公寓，他也鼓動我買一間，雖然那時大家有了家室，最後大家的住所還是很接近，只隔一條大馬路。

　　周清嘯抒情詩寫得令人動容，散文也富饒抒情筆調，行文分外真情流露，感性卻不濫情，〈等你，在小站〉輕輕描繪：

想你。而你是初夏的蟬鳴，輕輕牽繫著我絲絲底思念。雖然說好今天不見面的，忍不住又要見你。二十歲的女孩，始終叫我放不下心，彷彿一天沒見到就會出了差錯，總是要瞧瞧才好。有時想乾脆把你收來作女兒，攔在家裡讓我看顧好了。一邊想著，一邊腳步便沿著馬路流向公共站牌，雖不知你今天幾點放學，卻願意以時間為賭注，押一次你的蒞臨。

　　沒有和周清嘯深交的人以為他正經八百，其實他也有風趣搞笑的一面。他最浪漫，每一次談戀愛都寫了不少情詩給對方，不管是認真談戀愛還是暗戀另一方，這不但豐富他的文采，也為文壇留下不少佳話，身為多年老友的我，若不是任職報館的同事轉告，我還被蒙在鼓裡。

　　周清嘯最講義氣，在神州詩社的日子裡，有一次我急性肝炎住進臺北郵政醫院，打針吃藥同時吊了一個月的點滴，出院後沒錢到私人診所複診拿藥，就借了他的學生證，到臺大附屬診所問診拿藥。幾個星期後教官到男生宿舍找周清嘯，劈頭第一句話：你患肝炎，要治療；害他差點臺大外文系畢不了業。

　　在一九九三年《詩人的天空》推介禮上，一群好友及詩人皆出席參與，當天我和清嘯約定，不久後希望看到他的詩集面世，他說一定。

　　我在等著這一個守約。

　　沒想到八月二十三日大清早，我就接到晴天霹靂的噩耗，二十二日晚上他與太太及同事用膳，忽感不適留院，一輪搶救之

後還是撒手人寰，消息傳開，舊雨新知無不痛惜，我和他相交近
四十年，他每每在我人生最黑暗的深處點了一把火，不只重見光
明，也對人生有了丁點希望，有他鼓勵我從不放棄，尤其是詩，
我堅守，但他呢？他在〈守約〉寫道：

> 失眠了整個濕濕的夏天
> 雨聲停止了，淡淡的小寒
> 一枕發霉的記憶便茫茫愁緒了
> 想起小舟隨流渡去兩岸江山
> 夜晚獨守一窗街景
> 燈熄。人靜。
>
> 有時在雨中彷彿聽見
> 千山萬水中有腳步急急來歸
> 百年前的相約，百年後的單赴
> 時常驚覺自己是短暫的歸客
> 自前生趕路而來。難道
> 只為一朵不開的約

　　我還能做些什麼呢？他已到了天國和繆斯對話，從事另一番
文學事業，我只能在他遺體即將出殯的今天發了短籤給遠在南投
埔里的錦樹和高雄的錦忠：

清嘯二十二日心臟病發，今日下午二時火化，骨灰撒向何處？！神州折損了一員大將，我卻痛失了一位四十年的知己。

　　行文至此，無從下筆，泫然不能自己。

　　請多保重身體

2005年8月25日　莎阿南

第五輯

烏托邦幻滅王國
（2010-2011）

因為，沒有遺憾

寫神州是一件非常為難的事情，因它牽涉到歷史，歷史的人事有快樂和悲情的一面，我花了三十年的時間去沉澱這一段歷史的記憶，期間不知多少人士包括研究生、學者或對神州過去輝煌事跡有興趣的人，都希望我能提筆寫寫，但都一一婉拒。

我並非害怕面對歷史，那是我們一生中最重要和不可磨滅的組成部分，少了天狼星詩社和神州詩社那七年，一切都顯得蒼白。

上述文字是我在二〇一〇年三月八日國際婦女節快遞郵寄一些剪報、雜誌和贈書附上給文訊雜誌社企畫編輯邱怡瑄的一封短函的前兩段感懷。神州詩社在臺灣的扎根，可追溯到一九七四年十月，那時我和溫瑞安、方娥真及廖雁平在臺北館前路集合，開始了一段新的文學之旅。二〇〇三年二月八日，《南洋商報》的南洋文藝編輯張永修邀寫〈談與方娥真的過往〉，我寫的〈那時我們在臺北〉發表在一大版「癸未年年度文人特輯2」的其中一篇紀念文章也曾提到。因此若提到神州詩社於一九七六年創立，

忽略一九七四至一九七五年大夥兒創辦《天狼星詩刊》及隨後繼續出版的《神州詩刊》，則有欠完整。

那年代大家很單純，詩作也很豐盛，當時的施至隆、游喚、苦苓、林淇瀁（向陽）、陳瘦桐、黃維君、詹澈、吳啟銘、方明、歐志仁和其他臺灣詩友皆支持投稿到詩刊發表，蔚為風氣。可惜自神州詩社創立，詩刊停辦，轉而以文集如《風起長城遠》、《坦蕩神州》及《神州文集》（皇冠出版社出版），當時皇冠出版社也出版《三三文集》，創作雖呈多元，但至今我還是認為，作為以詩起家的神州詩社，在出版文集的同時也能兼顧出版詩刊，則其對往後的詩潮和影響將更深遠。這也是為什麼至今我還是堅持詩創作不輟，若能擦亮神州詩社的金字招牌最好，不然成為終身志向，有詩陪伴才不會寂寞，才不會遺憾。

當然後期神州詩社轉向出版學術刊物，《青年中國雜誌社》出版《青年中國》、《歷史中國》、《文化中國》等及籌劃出版事業，擴大業務的當下，若能秉持詩志，則是最佳。但理想歸理想，當時神州諸子，一邊廂還在求學（有者為理想休學），另一邊廂還要從事文化工作，談何容易！那時期我所患的急性肝炎，在臺北郵政醫院吊了一個月的點滴，多少與當時狀況有關，那一次差點病死臺灣，劫後渡過餘生，始對生活起居自覺重要，此後與煙酒絕交。

雖然論者皆著筆神州詩社自一九七六年創立至一九八〇年九月二十六日警備總部將溫瑞安、方娥真、廖雁平及筆者帶走後的惡夢算起前後五年，這五年雖發光發熱，可以仰天長嘯、千里不覺遠相依，江湖結義和直道而行，但一九七五至一九七六這兩年

的時光，也是諸子後往相當懷念的歲月。一九八七年十月《自立晚報》關係刊物《臺北人》由黃秀錦執筆的專訪〈你看你看，這像不像個壯麗的朝代〉寫道：

> 一九八〇年九月廿六日，社員到南部旅行一程，回到「家」裡，正歡欣的看著照片，不意有人按門鈴，那正是惡夢的開始。
>
> 樓下上來了三十幾名警總人員，他們詢問之後，帶走了溫瑞安、黃昏星、方娥真和周清嘯。隔天黃昏星和周清嘯回來了，溫瑞安和方娥真還在留訊。突如其來的驟變，驚慌了所有社員，這時悶雷打響了，而且下了一場狂驟的風雨，詩社的兄弟拋離了先前的晦悶，卻跌入另一場悲痛的情境之中。

文中提到被情治單位帶走的四人當中，原本為溫瑞安、方娥真、黃昏星及廖雁平，沒想到神州解散後的短短七年，受訪者當中竟然提起周清嘯，其實在出事當晚，周清嘯已離開詩社回到臺大外文系上課，出事後卻很關心，而且從旁作出許多協助。

至於因赴臺而使得神州諸子被天狼星詩社開除而鬧翻的關鍵人殷乘風，則早在一年前遠離詩社。試問這麼重要的歷史事件，受訪者都記憶模糊，三十年後的今天，還有多少歷史事跡是完整和清晰的？筆者和廖雁平分別在黑牢被關了一天之後釋放出來，與其說被關，以二十四小時疲勞轟炸形容應來得更貼切。情治人員每隔一小時就輪流盤問，而且內容都一致，不外乎：一、你們

和溫瑞安、方娥真有沒有和中共接觸；二、你們帶了那麼多中共
出版的書籍刊物、錄音帶有什麼目的；三、溫瑞安、方娥真有沒
有煽動共產主義；四、為什麼你們常常去香港。我的答覆都很乾
脆，前面三項盤問都斬釘截鐵的說沒有這回事，最後則說去香港
和金庸洽談出版溫瑞安的武俠小說。只差沒告訴他們，偶爾跑單
幫賺取些生活費。

　　情治單位對這個槍口一致的嫌犯也無可奈何，到了第三位
盤問者時，我開始光火，甚為厭煩，顯得不耐煩，直嚷：我有肝
病，拜託我要休息。情治人員又隔多時輪流盤問和逼供，其中一
名年長的人員手上拿著《坦蕩神州》詩社史再版本封面刊有聚會
時與蔣經國總統的合照，氣憤的質問：「誰說蔣總統接見你們，
書上刊登的合照應該明確地說，是巧遇，不是接見」，我看他怒
氣沖沖，他講的是實情、也沒有什麼好爭辯的，就不作聲勢，他
才就此罷休。他們徹夜進出多次，反正得到的答案都一樣，例行
工作完成，但覺無趣，草草問過就離開。

　　對我而言，在囚房關上一天，和關上四個月或四年都無差
別，當局只想借機瓦解神州詩社，藉「為匪宣傳」套帽子，實則
要神州詩社連根拔起，銷聲匿跡。以當時神州諸子熱愛文學和自
由民主，套上「為匪宣傳」，連永亨路（神州最後社址）的路人
都不相信。

　　本文著筆此處較多，一則反映當時的真相，二則也要感謝當
時為神州詩社向相關單位求情說項的人士，包括亮軒、張曉風、
余光中老師、高信疆兄、朱炎老師及金庸先生等（事件發生後，
我越洋致電金庸先生求救，隔數日，金庸先生就飛到臺北，在飯

店會面後，告知始末，金庸先生允諾設法營救），還我神州諸子清白。

十多年以後，臺北的朋友寄來一大疊平反的資料，意圖替我們洗冤，我則一眼掃過，隨後付諸一炬。

二〇〇五年我在〈那時我們在臺北〉的紀念文章中曾提到：

> 到了八十年代初，詩社發生巨變，娥真身陷囹圄，詩社也瓦解了。事情來得突然，晴天霹靂。每天早上，我抱病騎著腳踏車，到五公里外的獄中看守所，將親手熬煲的白果甜湯，滾熱的送到獄中，可惜幾個月都無法求見一面，唯望她看到白果湯如見其人，苦上心頭，在心坎上稍有甜熱的溫情。

白果甜湯當然也同時送到溫瑞安的囚室，唯見軍法處櫃臺人員手拿筷子，往器具大力撈動，無異樣才將甜湯送至囚房。溫瑞安在一九八一年一月四日六號囚室寫的〈白髮篇〉獄中詩，原跡尚保存至今，每次展讀這樣的詩句：

> 只要成真，天促成妳我再相見
> 我們再經歷蘇花的險彎
> 到東海岸那勻美的浪舼
> 藍色的海夢正酣。邦腹溪稍微
> 乾涸的河床鑲夕陽如金。妳和我
> 在四重溪妳曾讚嘆的曠野

　　垂暮裡結廬，且允許舊友

　　來次紅泥小火爐，在孟冬

　　我最老最要好的兄弟

　　堆著從未負過我的笑容，要求

　　再來首圍爐曲，開始三個字

　　當然還是要妳起音

　　再從腦海翻動神州往事，孤燈下，不禁愴然，淚下涔涔，聯想翩躚，輾轉難眠，悲切不能自己。

　　神州詩社解散後，溫瑞安和方娥真在一九八一年多次與筆者及周清嘯相聚，書信來往亦頻密，他在一九八一年十月二十一日寫給我的信中提到：

　　　這一趟我們能「劫後相見」，想來是天意安排，要是我們
　　　沒有了緣分，就未必能再在一起。我對你，功大於過，你
　　　對我，恩多於怨。過去的事，總括來說，十成中有九成是
　　　喜的……現在還關心你而又不惜在難中記著你的，也不會
　　　有三人以上，我畢竟是其中最真心的一個，或許，人生知
　　　友難尋，這份難能的信任，也彌足珍惜了。你脾性或許焦
　　　燥一些，但在很多方面是很了不起的。

　　也許，在詩人三十年封閉的內心世界裡，神州詩社過往的驚喜和沉痛的某些回憶，是重整豪情，延續生命的深沈意義，詩心成為快樂的泉源，有詩不會寂寞。

如有來世，在地的臺北神州鄉土，我會再走一趟，因為，沒有遺憾。

　　後記：寫〈因為，沒有遺憾〉紀念文章，思緒百感交集，整理思路，有欠脈絡，若棄之不用更好，奈何文訊雜誌社企畫編輯邱怡瑄電話、電郵雙管齊下，真情邀稿令人感佩，連日報告進展，又於三月五日來電告之收到方娥真的文章，大大鼓勵了編輯部，整個專題隱隱成形云云。雖逢會務繁忙，則只好硬著頭皮寫稿交差。只是往昔和今日情境交疊，甚難釐清是非道義，作出取捨和抒發。

　　昔日神州詩社巨變，友輩驚訝追問，我答之：樹大招風。

　　溫瑞安是神州詩社的火車頭，四個月的冤獄，遞解出境，斷了後路，情何以堪？筆者身為副社長，結義兄弟的老二，當時眼睜睜看著出版社的叢書（包括溫瑞安的武俠小說因事件而滯銷），印刷商王老闆上門追債，又不想殃及在臺發行人陳劍誰；抱病在身，數夜不能成眠，百感交集，某夜思潮低落，瞬間想自行了斷，以謝神州，但對生命樂觀的我及時回頭。一星期後，召集社友商議同時分析當前情況，並作出三項決定：一、解散神州詩社；二、請社友回到大學修完課業，休學者回到學教復學；三、攤還債款。

　　依稀記得，我和廖雁平回到政大復學，僑輔室的師長告之我復學無望，因已休學超過三年，還好雁平允准復學，聊表告慰。我和清嘯返馬後，與雁平常有書信來往，鼓勵他修完哲學系，有時月底領薪，則合寄零用錢給雁平，小補在臺生活開支。

　　另則與某出版社洽商收購神州出版社叢書庫存，還清印刷費，最後則與陳劍誰到相關部門註銷出版社的執照，事情才告一段落。

　　多年來詩社一些舊友對筆者當時毅然解散神州詩社頗有微言，我無言以對，也很自責，默默承受至今。

　　溫瑞安最了不起的地方不僅在於風雨不改寫作（包括大年初一，眾生在喜迎新春之際，他還是把當天未完稿的數萬字武俠小說趕完才和大家歡慶新年），過目不忘或有過人的才情，他最大的貢獻則是把神州歷年來的事跡，以文字留存下來供後人參考，因此許多研究神州詩社的朋友可以藉由出版文集的資料和文獻作出整理借鏡。即便是這些記錄經過武俠的彩筆大肆渲染和誇耀，但那也是事實存在的一部分，不容抹殺。

　　有論者甚至認為，七十年代的美麗島事件和鄉土文學論戰，因神州詩社的缺席而感到惋惜。殊不知像神州詩社眾社友那麼愛護臺灣的下場和美麗島事件的諸子一樣，全部皆關進囚室吃牢飯。只是結局不太一樣，有人則當了中華民國的副總統。神州諸子，溫、方在香江發展，黃昏星、周清嘯、廖雁平、殷乘風回到居住地的鄉土落地生根，開枝散葉。

　　當我們認為真正的鄉土文學是在地（包括神州詩社在臺北的五至七年），而鄉土文學論者則標榜本土，試問不同見解的人，在當時須搖旗吶喊？三十年之後的今天，這場論戰的實質意義真的有那麼大？

　　自一九八〇年神州詩社解散後，筆者在復學無望後覓得外銷推廣雜誌社的廣告招徠員工作，半年後遇到一位貴人朱家億，

某國際貿易商東主，與吉隆坡合夥人從事人工鑽石生意，希望我能回來協助拓展業務。一九八一年初朱先生替我買了張機票，在機場還叮嚀我要好好協助他打理生意。不幸的是，我辜負他的期望，他的合夥人把他們整盤生意獨吞，也拖欠我多達六個月的薪金不發。

一九八五年開始，為了糊口，我開始從事計程車司機生涯，在大都會吉隆坡兜兜轉轉五年，文壇則替我冠上「德士詩人」的美名。一九九一年周清嘯邀我到他和合夥人經營的保險雜誌社《代理員文摘》擔任主編及營業經理職。一九九四年出任留臺全國性組織馬來西亞留臺校友會聯合總會（簡稱留臺聯總）行政主任至今。

以下為筆者在一九九三年出版詩集《詩人的天空》後記的一段感言，當可反映筆者當下的一些寫照：

> 廿年來，詩人在一個理想追求的憧憬與破滅之中，終於尋獲人生最有價值的財富，那就是：好好生活下去，並掌握生命的血脈，融入社會的主流。
>
> 改變就是永恆。
>
> 當掌聲成為歷史，美夢變成真實，生活淪為巨石的壓力，詩人有必要回到家裡，孤燈下，記錄每一首有血有淚的詩。

昔日詩社一些朋友常調侃我們：「溫瑞安等人到臺灣不讀書，而是去打山豬」或過於片面。神州諸子為結社和理想而犧牲

休學，雖不值得大事渲染和鼓勵，但在行為上，諸人和一群志同道合者共同為詩社而付出心力，有所為的情操應該給予肯定，若論者心存寬厚，則對事件的觀點多留探索的空間。

　　筆者在二○○三年紀念方娥真及二○○五年悼念周清嘯時曾提過一些昔日的神州事跡，今回寫下過往舊事，算是對曾經一路走來的社友作出悵然若失的回憶，甘苦自知。

2010年3月11日　莎阿南

烏托邦幻滅王國──記十年寫作現場

　　涼風梳過的傍晚，飯後家常
　　板屋排著板屋，靜靜的聆聽
　　歲月與歲月擦身而過的聲音。夢在
　　抽長，掙破生活的膚囊
　　為不斷複製的明天引頸仰望

　　一群燕子來了又離開，誕生與
　　死亡，化為意象
　　在人生的巷道，無言
　　伸向四方

　　　　　　　　　　　──辛金順〈燕子的圖景〉

（一）少年情懷，誤闖武林

　　酒酣耳熟說文章
　　推倒胡床
　　旁觀拍手笑疏狂
　　笑又何妨，狂又何妨

　　　　　　　　　　　──劉克莊〈一剪梅〉

　　緣分應可追溯到四十年前的一九七〇年，霹靂州美羅中華中學，同屆不同班同學，黃昏星、周清嘯、廖雁平、葉扁舟、余雲天、吳超然和其他同學，都會不約而同就緒在課堂裡，圍坐等待說書人開始武俠小說《血河車》的另一章節，年少情懷闖進了武林，書劍恩仇，肝膽俠義，更多的是刀光劍影，殺氣騰空，馬仰人翻。說書者收放自如，課堂鴉雀無聲，窗外落葉飄飄，聽故事者怦然心動。

　　管他說書的故事是讀來的武俠小說，還是個人自編自導的創作，懸案處處，人影翻飛，總之驚心動魄，每到精采處，說書人必會馬上踩煞車：「時間到，下回分解」，日復一日，大夥兒天天追逐，過了癮，非得要聽完為止。

　　這說書是大家的同學溫瑞安。

　　《血河車》故事好像到了大家中學畢業還沒有結局，情節一直延伸，以不同的人物新貌粉墨登場，從美羅戲院街U三十一號振眉閣、黃昏星大廈、金寶的彩虹園及金龍園，直到臺北的羅斯福路三段、五段、木柵指南路、永和永亨路，十年之中從吉隆坡到寶島臺北，由金馬崙高原到臺灣阿里山，跨越地域，也跨過時間長河。

　　武俠小說路見不平俠義凜然正足以映照年少情懷，聰明的說故事者串連三國演義的劉關張桃園結義，肝胆豪氣，雖千萬人吾往矣之氣概。我們讀好不容易獲得的當代文學大家的作品，動人的文字道盡我們對中華文化的渴慕，深受感動，於是大家相互砥礪，把借來的詩文集重抄一遍，當作收藏品，囫圇吞棗燈下閱讀，日夜揣摩作家的身影，相濡以沫，每讀到好詩時，劃線塗鴉

感想，佳句統統背頌多遍，貧乏的天地一下子豐茂起來。讀書外，更加殷勤筆耕，互相刺激的結果是大量作品出現，那樣的年代結合不只是年少的文學情懷，更影響美羅中華中學的部分同學大量投入創作並準備結社，舉辦中秋月光會，端午節向詩人屈原致敬外，在其他文學聚會時不斷的影響新人加入，對繆斯的追求並孕育了文化的鄉愁。

那時對文學的追求抱持真善美的態度，周清嘯、廖雁平和我等日夜「鬥詩」，把背起來的詩牢記準備隨時隨地朗誦比賽，當第一位朗誦詩人的佳句時，還須報上作者的姓名，下一位也須頌讀和說出詩人名字，「鬥詩」才算過關，無法接上者，淘汰出局，撐到最後的才是贏家。

年少氣盛，更加好勝，不服輸的結果是，大量前輩詩人的名句朗朗上口，繆斯的種子在貧瘠的土地上萌芽，沸騰的心血凝鑄了健筆，許多感人的詩篇即刻成為當時文學聚會的勝景，如此也奠定了個人創作的一些基礎。鄭愁予「我噠噠的馬蹄是美麗的錯誤／我不是歸人／是個過客」多麼深入每個人的心坎啊！蕉風椰雨的文化鄉音成了唯一的知音，我們在逆境中走向理想大道，寫詩，聚會，結義，然後結社，期待凝聚一盤散沙，作文化沙漠中的中流砥柱。

對農家窮子弟，讀書求學問是一輩子的事情。碰到讀書人有大志，才華超群，覺得與他共事，往後必有作為。年少的心智開了花，於是乎，溫瑞安登高一呼，美羅「七君子」黃昏星、周清嘯、廖雁平、葉扁舟、吳超然、余雲天與溫瑞安結義，「剛擊道」兄弟就在美羅戲院街的溫宅振眉閣前立誓為盟，準備共創一

番事文學業，編文學期刊是我們「大事業」的開始，從一九七〇年到一九七三年，幾個十七、八歲的少年，輪流編輯手抄本綠洲期刊，摸索寫詩或創作，為了一窺文學殿堂，當時臺灣詩人余光中、鄭愁予、葉珊、瘂弦、洛夫、張默、周夢蝶、和散文家張曉風的文學作品皆成為眾人高遠志向的目標和學習對象，還因而促成了兩期的余光中和葉珊特大號專輯手抄本的綠洲期刊面世。

因為才華出眾的溫瑞安，我們知道他有位哥哥叫溫任平，六十年代末七十年代初就已出版兩本書，一本詩集《無弦琴》，一冊散文集《風雨飄搖的路》，也在港臺重要文學雜誌及副刊發表作品，仰慕之心結成纍纍果實，變成追隨理想的對象。這樣的書香世家，背後肯定有位了不起的父親，他是溫偉民先生，我們中學的華語課老師，教學認真生動有趣，又富幽默感，也在潛移默化中影響大夥兒對文學的興趣。

一九七三年，溫任平從彭亨州文德甲國中轉至霹靂州冷甲小鎮執教，天狼星詩社在天時地利人和中建立基礎後成立，溫任平任社長，各地的分社前後紛紛成立，從最早的綠洲、綠林、綠原、綠流、綠野、綠田……等一一向外擴散，一個充滿朝氣凝聚許多社友眾志成城，充滿無限活動力及創作力旺盛的詩社於焉誕生。

（二）戲院街振眉閣，油站旁黃昏星大廈

在我心深處，點亮那顆悠然憩息的黃昏星吧
讓黑夜向我溫柔微語

傾述愛戀與思慕

——泰戈爾

　　我們編手抄本期刊，藉由傳閱散播文學的種子，三年下來，各地仰慕者及文學愛好者常來相會，振眉閣絡繹不停的腳步聲，成為大夥兒創作與取經的沃壤，中五畢業前後，我已從農村搬到美羅大街油站後面的黃昏星大廈住下（註一）。住處雖簡陋，卻也寬廣。溫瑞安、周清嘯、廖雁平、藍啟元、葉扁舟、余雲天、吳超然常來相聚，來的時候絕不空手，好詩好散文，塗鴉滿滿稿子空格的寂寞，隨時帶來準備傳閱，一則向對方顯耀，再則是良性競爭，創作上有精進，不亦樂乎。當時遠從北馬的綠叢分社社長許友彬，也遠途投宿，星夜談文學、展抱負；烙印許多玩味的回憶，年少的苦澀甘甜。

　　創作的啟蒙從那幾年開始，雖年少不識愁滋味，寫些風花雪月，真執抒情感懷，也流露不羈的書寫方式。一直到我的詩作〈山水〉、〈最後一條街〉參與競逐「唐宋八大家」，獲得兩屆當月榜首，努力摸索終於受到肯定，既喜悅又亢奮。我們勤奮耕耘創作，筆下那段青春歲月，年少的壯志竟在文學聚會時展現了無限開闊的新天地和視野，詩與文學，正往理想的夢土深切探尋及扎根。

　　文學的殿堂在寶島臺灣，我們沉醉在詩人余光中筆下五陵年少的語境，終有一天要去朝聖的。這樣深沈的嚮往，讓溫瑞安和周清嘯萌了提早赴臺之心，一九七三年九月某個餞行晚會，大家依依不捨的唱著驪歌和珍重祝福，原以為他們此去經年，闊別三

數載,很快就挨過去。不料十一月中旬溫任平赴臺參加第二屆世界詩人大會結束後,十一月下旬返回大馬,機場上赫然出現在大家眼前的,竟多了溫、周二人。

迎接任平兄歸來的晚會在安順舉行,喜見溫、周二人休學回來,依舊召開文學講座,即席創作,是夜也安排媒體專訪任平兄。講座會當中,不意有位從吉隆坡前來參加大會的何棨良,說了一句話:「我在天狼星詩社看不到一顆明亮的星星」,此言一出,即遭所有社員群起圍攻,算是事後閒話詩社話題的小插曲。

(三)羅斯福路三段,秋風氣爽

> 晚秋以後雁兒撞跌了天空
> 我為寂寞而找市聲
> 有四壁的地方總有一盞燈
> 有山的地方總有水
> 月光逢著山澗自會清談
> 水流逢著山崖便成瀑布
>
> ——方娥真〈似曾〉

今年五月二十日,適逢馬英九總統就職兩週年,公務在身來到中山南路的教育部和徐州路的僑務委員會辦公大樓,附近封路,繞了一大圈才抵達。巧遇反對黨在此搭棚靜坐示威,偶有政治演說,悲情激昂,又穿插藝人演唱站臺,無不熱氣翻天。帆棚蔭下擺數十張小塑膠椅子,示威者喊了口號之後,累了坐下,隔

一會又湧往臺前助陣。示威者繼續搖旗吶喊，行人視若無睹各走各路。這樣的氣氛比照七十年代至八十年代草木皆兵緊急狀態，真是天淵之別，堪稱臺灣民主政治的奇景。

下午二時拜訪文訊雜誌社，見了社長兼總編輯封德屏，企劃編輯邱怡瑄及同仁，也因雜誌四月號規劃《話神州，憶詩社》特輯，參與寫了一篇追述憶往文章，會見時額外親切。封總編提起正策劃另一特輯《回到創作現場》，當下提議到羅斯福路五段，木柵指南路及永和永亨路三地尋找當年我們神州集體創作和結社的地址，二話不說，即與邱怡瑄、李文媛聯袂乘坐計程車，往羅斯福五段奔馳而去。

是日午時細雨霏霏，迷濛的天空一幢幢高低不齊的店屋樓房從眼簾閃過，恰似我回返三十多年前舊居的心情。這幾處創作現場，雖已人非，然樓房是否依然存在？我在心中不斷告訴自己可能會出現的結果，也可能有奇蹟。

想我自一九九四年任職留臺聯總，十幾年當中，每回與各參訪團抵臺拜會部會及參訪各大專院校，皆是來去匆匆，每次懸念尋訪故居，很多時候是有心境無閒暇居多，待到有些空隙，心境上又矛盾重重及感到沉重，如此一晃，瞬間就過了十六年。

前述提到溫周二人一九七三年九月赴臺，十一月下旬又與任平兄返馬，他們重義和不捨之情足足又讓兄弟們豪氣的相聚一年時日，但朝聖之心沒有遞減，一九七四年至一九七五年初，溫瑞安、方娥真、廖雁平先行抵臺，隨後我與清嘯亦在臺北與溫、方、廖會合。當時溫方住在羅斯福路三段一四〇巷十四弄三十號四樓，我住在和平東路，準備參加大專聯考等候分發。那時五個

人雖分住各處，卻常相聚，「五方座談會」不定期在羅斯福路三段展開，這是聚居臺灣的創作第一個原址，由於參與者只有五人，過去詩社史著筆不多。作為天狼星詩社社友在臺的據點，除舉行座談會，更大的意義在於出版天狼星詩刊。

　　過去編綠洲期刊手抄本只能傳閱，到了臺北以鉛字精美付梓，流傳和影響更大更深遠。一九七五年元月四日天狼星詩刊創刊號面世，至一九七六年五月十一日大夥搬到羅斯福路五段九十七巷九號之三（四樓）為止，天狼星詩刊在羅斯福路三段的社址，前後出版三期。我們從秋風氣爽季節一直到翌年仲夏，喜見詩刊的出版，為此奠定神州詩社扎根的基礎。初來臺灣接觸到的詩社，首推「龍族」詩社同仁施善繼、高信彊等最頻密來往。

　　我們多次在施善繼家作客，後來出版詩刊也因他的鼓勵付諸實行。高信彊和夫人柯元馨常邀我們到他們家裡用餐，每次最愛聽他出口成章侃侃而談副刊編輯、報導文學及施展文化理想和抱負。他每次衣著莊端講究得體，人又帥氣，議論深入淺出觀點全面及中肯，有時語音明快卻帶溫雅，擇善固執對文化大業有著許多期待和憧憬，我們洗耳恭聽不覺疲累，竟從飯後的晚上一直聽到天亮，意猶未盡但有點無奈的回去，清晨涼風吹襲，冷冽的刺透著這些遊子曾經多次被激情過的心靈和身影，搖晃的回到現實中去追尋理想的生活。有一年春節，他藉詞出遠門，把家中整串鑰匙交給我們住進去，冰箱填滿年貨蔬果，任由這些遊子食用，異地感覺有家的飽暖，首次在他居所過新年，如今再憶起，卻倍感溫馨。奈何高公今已亡故，他處另覓文化殿堂，此時再回顧瞻仰，他那碩大無比的身影依然在心中無可動搖。那時我們也見證

了現代詩和民歌結合，楊弦「余光中現代詩民歌演唱會」在臺北公演。那是我們抵臺後第一次親睹詩人余光中風采，聆聽了詩人臺上朗頌自己的創作，足足咀嚼了一個季節的饗宴。

（四）坦蕩神州，豪傑雲集於羅斯福路五段

> 天下之大，莫過於兩邊的懷念
> 滄海之粟，莫過於那九萬里急速直下的姿勢
> 莫過於愛，愛那峨嵋秀峰
> 莫過於懷念，懷念那懷念的心情
> 雪染兼葭，透明的月光雪
>
> ——溫瑞安〈峨嵋〉

　　羅斯福路五段的試劍山莊，黃河小軒，七重天最重大事件，就是天狼星詩社與神州詩社分家，出版詩社史《風起長城遠》，神州詩刊第一號《高山流水‧知音》（同仁詩合集）面世。

　　一九七六年十月十日出版神州詩刊第五期，發表神州宣言，標示著大馬天狼星詩社和臺北神州詩社一分為二決裂，壁壘分明，口誅筆伐。我方的史料聲明是被天狼星詩社開除，收錄在溫任平《憤怒的回顧》書中的天狼星紀事，則一筆帶過：「溫、方、周、黃、廖等退社」，當中關鍵人物殷乘風，年少懷大志，中學未畢業就到寶島來一起闖天下。

　　後來故鄉出版社印行的《風起長城遠》詩社史當中許多長文，對天狼星詩社作出許多批評和指責，最終卻越演越一發不可

收拾，為此種下禍根。待我們多次返馬修好，天狼星眾社友拋頭一句話：「寫成白紙黑字的爛攤子如何收拾？」回馬眾人也一時為之語塞。

　　羅斯福路五段的日子，由於受到《風起長城遠》的影響，許多四面八方的新人和文友聞風姻緣際會，著實令人嚮往。廖雁平、殷乘風和我就讀政大，地點就在指南山下的木柵，溫瑞安、周清嘯上課的地方在臺大，靠近羅斯福路和公館，方娥真就讀師大，和平東路距離羅斯福路五段亦不遠。那時我們創作讀書，新秀來訪，介紹詩社史，屋頂天臺我們命名「七重天」，在此練武強身，核心人物陳劍誰、曲鳳還、戚小樓、秦輕燕在全盛時期陸續入社。大小聚會無數，即席創作，文武兼修。詩文集《山河錄》、《風起長城遠》、《高山流水‧知音》、《龍哭千里》、《回首暮雲遠》、《娥眉賦》、《日子正當少女》、《兩岸燈火》、《歲月是憂歡的臉》、《天下人》在期間出版。陸續四方群英來到試劍山莊，川行於「聚義堂」，好不熱鬧，也忙得不亦樂乎。

　　選擇羅斯福的據點最大的考慮，乃社員當中，以臺大、政大同學居多，地點適中，交通便捷，容易相互支援，尤其「打仗」賣書（註二）。後來新人胡天任、林雲閣、林新居、李鐵錚、吳勁風因緣際會成了另一股生力軍，豪氣萬千之試劍山莊神州人，最是亢奮的年少情懷，就是有理想，心中有大業而且要身體力行實踐完成。元人馬致遠若活在當下，路經此處，遙望四樓神州詩社燈火通明，徹夜筆耕的人影牽動，當會發放詩人的風采，高聲朗讀：

不知音不來此，宜歌，宜酒，宜詩

這樣的曲調置於當下還是非常現代的，若拿方娥真的「高山流水」的琴聲附和，應相當契合：

若我深夜弄琴
音樂為冰寒
為山綠
為水暖
山水之外是風花，是雪月
雪月風花外的你正為琴聲而趕路

間中若有人鳴琴擊筑，則更多的妙趣和知音相惜。古往今來在時空的默契中巧合投緣，牡丹綠葉，煞有新意。

這樣的結社投緣，時任中央日報記者陳正毅，對報導文學有專精，來社探訪，一見如故。他常夜闖山莊，大家談得激越時，我們就唱慷慨激昂的社歌給他聽，酒酣耳熟之際，陳正毅也將友人沉重譜曲的鄭愁予〈殘堡〉跌宕的唱下去：

百年前英雄繫馬的地方
百年前壯士磨劍的地方
這兒我黯然地卸了鞍
歷史的鎖啊沒有鑰匙

　　我的行裏也沒有劍

　　要一個鏗鏘的夢吧

　　趁月色，我傳下悲戚的「將軍令」

　　自琴弦……

　　唱得極其悲壯，雄偉處留下餘音深深縈繞。我們和著唱，最後是一起唱，一起高昂及荒腔走板的唱下去。一次、兩次、三次、十次……久而久之，這首詩的唱法敲擊了眾社友的心坎，也成了記憶對方最明亮的和弦方式。今年五月廿日晚上，在臺大鹿鳴苑餐廳由九歌總編輯陳素芳宴客的聚餐會上，請來朱炎老師、師母、亮軒、李男、胡福財、陳正毅、封德屏、邱怡瑄、李文媛溫馨相聚，我和陳素芳及多年未見舊友師長，話匣子打開了就東南西北的聊個不停甚是歡暢。我再次和陳正毅提起三十多年前一起唱的〈殘堡〉，我說：「還記得嗎？」，他莞爾一笑，盡在不言中。

　　午時毛毛細雨，我們從對面大道跨上天橋，來到九十七巷九之三號四樓的現場，赫然發現四層樓房依然排列眼前，斜坡依傍的溝溪前築起圍欄。為了安全，九號前方之五號住宅前也圍上鐵欄，禁止通車，另則於溝溪前開啟平直通道，可通往新開發的住宅區以及更遠的景美。

　　喜出望外之餘，真想馬上闖入四樓和七重天習武場，看昔日飛踢拳打，多少四方士敏土磚塊為我而擊碎，並以銅鐵之心笑傲江湖，再作一次故人喜極的叩訪。文訊李文媛更為我心急，頻頻按門鈴，有人回應，即告之抄水電錶，不顧一切直衝上樓看個

清楚，拍照留影。但最後一線希望還是落空，只見昔日朱紅大木門，現已換上不銹鋼鋁門，此時我正陷入無語對蒼天膠著的思緒，在雨中深鎖了三十多年的回憶。過去活現的人物背景，大夥兒睡過的黃河小軒，有些遙遠的試劍山莊，振眉閣隱約的笑聲歷歷在目。毛毛細雨中，從眼角滴落的，不知是雨，是淚，還是淚雨交融。

　　當時的神州詩社就像冬天的火爐，吸引了許多人前來取暖，投身當中的新秀和社友，都有一個共通的志向，那就是一起做一番事業，家庭、學業就顧不了那麼多。若更深一層分析，也就說不出個所以然，是熱情和理想掩蓋了理智，還是沒察覺的投入不明的深淵而欲拔不能。

　　詩人朋友中，渡也、向陽偶訪山莊，我們每次上陽明山中國文化大學拜訪，摘星樓風高氣爽，夜觀星海和眺望臺北萬家燈火，寫詩懷念他們。有時黃昏下山，瞭望關渡平原，遙對觀音山落日長影，與詩人促膝夜談，三十年後回想，山下萬家燈火依然在我心中明亮。

（五）一輪清月，映照木柵指南路

　　　　一個乾坤負載一片虛無
　　　　一個星座住有一位守護
　　　　在每日暮落夕起的瞬間
　　　　相互收發奇異的訊息

　　　　　　　　　　　——廖雁平〈混沌〉

　　受影響而入社的社員漸漸增多，詩社日益壯大。著作、文集等出版品須有空間庫存，叢書從四樓搬上搬下很費力氣。住了超過兩年多的羅斯福路五段試劍山莊已不勝負荷，遂在一九七八下半年，尋得木柵指南路二段四十五巷廿號新居遷入，樓下的住處寬廣，設有榻榻米可供練武場所，也由於地勢高，無須上下樓走動，叢書從印刷廠運來，直接安置於儲藏室，省掉許多搬運的功夫。也是在搬家之前，我們認識了以小說家朱西甯為精神領袖的「三三」文社。

　　神州詩社和三三的結緣互動則在一九七八年，我們常在辛亥路的朱家作客，神州文集及三三文集則是在每次互訪交流中擦出火花，由皇冠出版社敲定出版計劃，詩社組稿或邀稿撰寫，皇冠出版社負責封面設計，出版及發行。一九七八年二月，第一集神州文集《滿座衣冠似雪》面世，直到一九七九年十二月第七號文集《虎山行》止，前後都在羅斯福路和指南路完成印行面世，那時神州人與三三諸子交往甚密，也在對方的文集投稿以示支持。

　　由於以文會友，我們認識作家亮軒，他提供住家供小孩習武，我們幾個充當教練，亮軒和曉清姐還常下廚，煮一頓豐盛的晚餐，滿室充滿佳肴美食的香氣，吃得即開懷又溫飽。

　　亮軒為另一本神州詩社史《坦蕩神州》寫序，諸多美言。一日他心血來潮拜訪山莊，帶來剛裱好的對聯：

　　　　天地軒中神州月
　　　　棕櫚樹下武陵人

這對聯成了往後抒寫的話題，也在照片中成了永遠的記憶。後來這對聯因搬家而不知落到何處，心中悵然之際，五月廿日臺大鹿鳴苑餐廳相聚，亮軒送我馬祖東引名酒陳年高粱及他親筆書寫王維詩的字裱卷軸，為之欣喜良久，算是遺憾中有了一點補償。曉風姐則因在國外不克出席聚餐，回國之後把她的兩本書《送你一個字》及《再生緣》細嚼後，也算是在文章中遙對前輩作家心靈的嚮往和感念。

前輩作家亮軒、朱西甯的美意與加持，仰慕者和熱血青年投奔來社，群英會集如盛世，這樣子的凝聚力還不夠，須擴大到文社，如此才能彰顯詩社人數眾多的格局，我們應邀演講，從臺北到臺中及臺南古都。有一次到臺南成功大學演講，談的是青年中國，歷史中國到文化中國的出版大宏圖。席間出現一位年近四十的青年沈瑞彬，發言應和，慷慨激昂，一時為之動容。會後與他交流，始知此君為臺南客運站長，閱讀《風起長城遠》，《坦蕩神州》，深受感動，滿懷抱負，卻是一見如故的侃侃深談，一夜方休。

如此魚雁交往數個月，某日深夜沈瑞彬叩訪山莊，同時提了行囊，說是要與溫大哥及兄弟們做大事，家庭、事業就顧不了，一切霍出去的血性漢子，當夜大家聯袂上山膜拜指南宮四方神明，庇祐神州眾生安康，社務順暢和不受干擾。

一九七九年年初到十一月，從規劃，付諸編務，到組稿及邀稿工作，神州社出版青年中國雜誌三號期刊，第一期的青年中國及第二期的歷史中國，因大夥兒轟轟烈烈的推廣，讀者來函，反

應極為踴躍,各再版了一次。到了第三期的編撰,有人提議將詩社「打仗」的彩色相片印成八頁,放在正文之前。作為青年中國雜誌的社長,我有義務提醒編委,在那年代,加插彩頁無形中增加許多成本,辦學術性刊物重點在內容,而非圖文並茂的彩頁。社員躍躍欲試,寡不敵眾,我的憂心成了沒有和音的泡影。

後來又有人提議搞出版社,出版神州人寫的書,首推溫瑞安的武俠小說。

一九八〇年詩社搬到永和永亨路,出版大計付諸實行。我因忙於社務,指南路雖離學校政大僅數分鐘路程,卻無緣到四維堂、圖書館和女生宿舍多看幾眼。中文系詩友游喚,西語系詩人施至隆,在大學一年級時常有交往,也因會務繁忙,和共同參與的長廊詩社擦肩而過。

勇闖文學路,理想之路外人看我們走得轟轟烈烈,實則暗潮洶湧。

(六)永和搞出版,期待的曙光

　　　　三十而立,你多了一個
　　　　春天,並不算燦爛
　　　　卻也生氣盎然
　　　　引來一隻遠方的彩蝶
　　　　翩翩為你帶來幾許繽紛
　　　　以及一處永生的棲息

　　　　　　　　　　　　──周清嘯〈妥協〉

早在羅斯福路五段期間，就有一些社友因不同的因素而離開詩社，首先是殷乘風，隨後許麗卿、楚衣辭等相繼退社，道不同不相為謀本是件正常的事，不足為奇，亦無須大書特書。然則到了一九八〇年初，集體退社的現象卻極不尋常，預示著詩社一步步走向頹敗甚至解散。

　　原以為搬到了永和永亨路一五三號的新社址，經營出版社及出版武俠小說，這是我們在此扎根的事業，期望眾社友的經濟在此事業中得到改善。

　　永和永亨路的住處為兩層，還有個空曠的地下室，一樓辦公室，二樓振眉閣、黃河小軒，地下室乾爽，可放置出版的叢書，亦可充當寫作地點，夜深人靜，周清嘯最喜歡到地下室謄稿創作。

　　這樣的搬遷當算是最佳的定所，但怪就怪在許多事件相繼發生，甚至令人措手不及。先是家長來社興師問罪，帶走不回家的孩子，隨後陳劍誰和秦輕燕瓦斯中毒送醫院，我也因急性肝炎而住進郵政醫院，吊了足足一個月的點滴，出院後複診捉藥，如此折騰了大半年，卻因出版社發行部之業務不能停歇，休息不足下，病情一直時好時壞，直到一九八一年返馬後，經過三年的休養始有起色。

　　社員進進出出原本尋常，周清嘯三退三進依然是最好的兄弟，奇怪的是退社的浪潮一波接一波，先是羅海鵬，他為表去意，竟然寫血書銘志，離異之心如此壯烈，亦是十年來少見。一九七九年九月長弓出版社印行的溫瑞安著作《神州人》，為此書撰寫代序就是羅海鵬。羅海鵬在前言還把司馬遷寫《史

記》、連雅堂撰寫《臺灣通史》與溫瑞安寫的這部書相比，他
還這樣提到：

> 瑞安先生自一九六七年起創「綠洲社」，經過了六年的努
> 力，發展成一個擁有十大分社，一百三十多位社員的天
> 狼星詩社。到一九七三年他和幾位共生死的兄弟一同回來
> 祖國臺灣求學，並於一九七六年結合臺灣有志青年共同創
> 立「神州詩社」，替國家厚植反攻國力；成為文化上的一
> 支精兵。這神州社是詩社，也是文社，更是一個共患難同
> 真情肯為國家社會文化教育做事的年輕人社團。自創社以
> 來，不知發生多少可歌可泣的事。

　　讚譽、肯定，而且奉為圭臬，這般的肝膽相照，不料半年之
後，竟變得如此慘烈，非得寫血書與詩社切割不可，謎團始終不
得解，直叫人對人性的兩極思變倍感迷惑。更多的是不知明狀的
心酸。

　　直到更後期，其他社員如曲鳳還，秦輕燕、戚小樓、陳慕
湘等核心社員幾乎在同一時間不告而別，失去聯絡，也無從知曉
他們退社的原因。是甜膩的結交脫了軌，還是大家都疲累了？多
年來大家共同參與詩社的事務，大小活動全力以赴，聚會時的喜
悅，即席創作的苦樂，出版詩刊、文集的無限期待。兄弟姐妹結
義，當初純真的情義好像在歲月不停的運轉中忽然變得渾濁不
清，肝膽相照變了調，卻是誰也料想不到的事情。

吊了一個月的點滴，也足足讓我反省了一個月。當思緒沉澱後，晝夜反覆抽絲剝繭，理出一條更為明析的思路，日月輪轉，心中終於有了決定。我告訴自己，以後我將追尋屬於自己詩人的天空，一條寂寞的長路，作為理想追求的終結。

「經一事，長一智」代價未免太大了。多年來可歌可泣的光輝歲月將隨歷史的沉落而退色。唯一不變的，就是懷著詩心，以較成熟的心智面對當下，盼望未來。

我將在病房寫成的日記狂撕，那些碎片尚未沉淪心底，往昔的那些記憶又再湧現：

> 翻飛歲月，此去經年，含淚的臉譜，懷著一如既往常笑看人生。默默告訴自己：黃昏星已死，再生是李宗舜，刻意遺忘可以療傷，多年來的神州事跡再作回顧，是兩照面，暗香人影，狂歌當哭。

此番來臺，木柵指南路及永和永亨路社址，舊物不在，人事已非，較可告慰的，則是羅斯福路五段故居風雨相迎，一再挑起回憶和想起。

（七）結語：烏托邦之境，神州精神

> 在我的泥土上
> 在生日的泥土上

有一隻天鵝受傷

正如民歌手所唱

——海子〈天鵝〉

三十年前神州夢

三十年後夢神州

——林彥廷（註三）

　　多年事跡，歷歷在耳，往事並不如煙，歷歷在目。我撰寫
此文，過往銘刻於心，堅如磐石。有人野心勃勃，神州是他的戰
場，也是他王朝的「樣品屋」。他抬手舉棋，猶如卒子過了漢
界，就是回不了頭。詩社變質，新人多被遙控，設立各部各組由
一人指揮，成了一言堂，社員若有不滿，則標籤小集團，群起圍
攻，承受不了者退社，當之奈何。

　　原本築夢窮得開心，沒有大志的和有野心的人做大事，希望
往後成就大業。誰知社規嚴如軍令，又以成就個人為唯一標的。
社友做錯事者理應小罰懲戒，卻被罰洗放大的彩照，永和永亨路
的神州社，大廳掛的皆是溫瑞安大張人頭照片。

　　臺灣白色恐怖末期，一九八〇年聲勢壯大的神州詩社不能倖
免受到牽連。那年九月廿六日，警備總部大隊人馬深夜闖進永和
永亨路神州詩社，帶走大量書刊、雜誌及卡帶，也帶走溫瑞安、
方娥真、黃昏星及廖雁平。黃廖二人經過廿四小時疲勞轟炸盤
問，問不出所以然，翌日釋放。溫方則轉至軍法處，三個多月後
未經審訊即遞解出境，套上的罪名是「為匪宣傳」。這雖說是單

一事件，但事後加以剖析，則和過去發生的許多事件有牽連，最後埋下伏筆，熱血青年所追求之理想，烏托邦的人間夢土，竟在旦夕之間成了幻滅的王國。

現在回想起來，往事霸圖如夢，光輝下的影像朦朧，過去神州詩社所依附的文學疆場，有著幾許輝煌，每個人所經歷的波折和小小的災難，在某種意義上，是大家獨特共有的記憶，文學的力量把大家凝聚，最後大家也因文學而消散。俄國詩人涅克拉索夫的詩句「我淚水潸潸，卻不是為了個人的不幸」，也是我心中的明鏡，陪伴我走過許多彷徨而無助的日子。

難道神州詩社短暫的幾年風雨注定了要走上一條不歸路！一個整體的建構瞬間為之崩潰，最終被洪流淹沒；帶些悲涼和無奈，從此流失了當年保溫的熱度。或者說，這些一心一意投身和撲火的社員來不及整裝歷練，就提早和未知的突變相遇，最後是兩頭不到岸，熱愛文學無法成就纍纍的碩果，最後還落得在各地流亡，流亡的心境像漂木，無根隨風飄揚。

過去許多追隨主事者成大事而不留名的神州人，在詩社忽遭巨變之後，默默在各個角落安身立命，不願再提起過去所受的傷害，執意維護詩社。他們對往昔的點點滴滴，常存於心，美好的收深處，不愉快則拋諸九霄雲外。三十多年來，誰都不願碰觸那漸癒合的傷口。大家都知道，一旦訴諸文字，覆水難收。

曾幾何時，主事者卻聲嘶力竭，口口聲聲指責兄弟背叛，卻忘了自己乖離原則和初衷，試問這樣的人，有資格批評和責難別人背叛他嗎？若說神州詩社是溫瑞安武俠世界在現實的延伸和落實（鍾怡雯語），那麼大夥兒在阿里山結義相知相惜，奇緣結

社，多的是肝膽相照之士，最後為何除了他自身之外，其他的都
是叛徒？

行文至此，感慨萬千，更多的是惋惜，神州詩社定位如何，
歷史自有公論，我與眾詩友投身於斯，回首前塵，算是詩社的起
起落落，也算小小江湖的興亡。眾多神州社友對詩原情有獨鍾，
詩社散後各自尋找歸屬的夜空，但都抵不過寂寞的召喚，與繆斯
漸行漸遠，封筆經年。唯獨我，跌跌撞撞，停停寫寫，卻依然夜
觀星象，埋首耕耘，永不言悔勇撞山火，詩心燎原，對詩神無盡
愛慕，熱愛自剖以詩言志，也算是對曾經掏心扒肺，刮肝瀝膽的
社友作了多次再版的緬懷。

記憶無奈，記憶也無限，記憶是心中永遠抹不去的版圖。

註一：當時同學們中五考完馬來西亞教育文憑（MCE，現稱SPM）後，為
　　　方便覓職及和美羅眾社友一起共事文學基業，「黃昏星大廈」則是
　　　油站旁多年棄置的住宅，經廖雁平父輩好友不收分文相讓，我在此
　　　住了近三年，眾社友進進出出的背影，為當時的文學創作營造了許
　　　多趣事和回憶。嚴格來說，當時綠洲社和天狼星詩社在馬的幾個創
　　　作場景，首推美羅戲院街U三十一號振眉閣，再則是黃昏星大廈，隨
　　　後是溫任平的居所金寶彩虹園及金龍園。而今的振眉閣和溫偉民老
　　　師住宅高腳屋聽雨樓，在九十年代已轉售他人，改建成排屋，「黃
　　　昏星大廈」亦不復舊貌，現充當機械儲藏處。金寶彩虹園及金龍園
　　　尚在，只是屋主任平兄早已遷出，久居吉隆坡和怡保兩地，煙雨迷
　　　濛，經歷數十年，只可堪追憶。
註二：到各地校園賣書也被當時社員們俗稱「打仗」，實則是推廣神州詩
　　　社的合集如《風起長城遠》、《坦蕩神州》及皇冠出版社出版的神
　　　州文集。另則推廣社員的文集，其中以溫瑞安的作品居多。打仗前
　　　早已訂下日期與推廣地點，而且分成兩組競賽，對當時自願參加推
　　　廣的社員而言，每售出一本書，就可賺取十元或十五新臺幣，對窮
　　　困的社員多少也有一定的幫補作用。另則於推廣文集期間也結識了
　　　不少朋友。多年後回到馬來西亞，許多臺大、政大的學長對神州詩

社印象最深刻的就是他們買了我們的出版品，閒聊起來還為大家所津津樂道。當中像羅正文、劉志強、陳澤清都是當時在臺大校門外買了神州文集而認識結緣，現在他們都在留臺聯總理事會擔任要職。而任職星洲日報總主筆的羅正文，也是促成抒寫此篇文章的關鍵人之一。

註三：三十多年後詩社及其他出版社印刷的神州詩刊、文集、雜誌、個人詩文集等經歷時日淘洗早已絕版。近年經由九歌出版社總編輯陳素芳引介在臺北認識年輕朋友林彥廷，非常熱衷協助到各地收尋神州詩社同仁之絕版書，往昔不少舊作又重見世間。林彥廷在送給我那本散文合集《歲月是憂歡的臉》頁首空白處寫上「三十年前神州夢，三十年後夢神州」，是紀念，也是期許。

2010年9月定稿

2011年11月29日重修　莎阿南

風的記憶

　　世事難料，其實應該是四個人的合集，如今卻剩下三人。

　　二〇〇五年八月廿二日，周清嘯心臟病猝死噩耗傳來，友輩之中頓時痛失好友，遠在臺灣的辛金順聞訊來函，希望我們能為清嘯出版詩文集作為紀念。金順在信中感慨地說：「讀到南洋文藝網路上你為清嘯寫的悼文，才知道清嘯已經走了，如此壯年的五十一歲啊！我想起三年前為通報文風策劃的《出土人物》，找了清嘯做第一個出土詩人。那個時候是感念他在我創作起步時的鼓勵與啟發。另一方面是覺得他的詩寫得極優越、不寫太可惜了。如今回顧，當時我策劃的系列，只寫了兩個人物——清嘯與何謹。殊未料及兩人均在十三年後故世，實是令人噓唏，如今清嘯去了，應該為他出版一本詩集或辦個小型研討會（含詩文專集），讓神州詩社／天狼星詩社的舊員與之有關的，可以由此悼記，不知你以為如何？」我和廖雁平議論後，也轉知清嘯遺孀許蘭梅女士，出版合集就在二〇〇六年元月作出初步的敲定。

　　那時遠在美國的殷乘風得知出版計劃，亦允諾參與其盛，初步計劃以出版詩選合集為優先考慮。豈料殷乘風因其子女教育問題，前後搬到臺北，旋又搬回美國，真正的家鄉則在霹靂州冷甲。幾年內如此跨國度頻密搬家亦為少見。這其間偶有通訊，過

些時日，殷乘風對於詩集出版一事始終不熱切，最後只好依原訂計劃進行，我和雁平決定不再受到拖延，所幸得到清嘯遺孀大力支持，出版計劃才得以持續，後因大家各自忙碌，著手收集資料斷斷續續，一晃就是五年。

〈風依然狂烈〉這本合集，若依當初訂定的出版計劃，最遲應該在二〇一〇年年底付梓面世。這難產的嬰兒，卻要等到二〇一一才能初見曙光，其中最大的原因，莫過於蒐集清嘯散落各處的作品困難重重。周清嘯自一九七二年創作迄今，當以自一九七五至一九八〇年臺北的神州詩社那幾年最為豐收。一九八一年我們回馬後，清嘯還陸陸續續在蕉風月刊、通報文風、臺灣明道文藝及其他文學刊物發表作品，但此刻欲要收集起來，不但相當費力，而且滄海茫茫。為恐遺珠，只好四處找尋好友及清嘯遺孀借來各期刊物影印，終得詩作四十二首，當中有七首已收錄在《兩岸燈火》詩集中，其他的三十五首則是末結集作品。

然則出版詩集的動力和想法，當中尤以紀念清嘯最大的考量，也希望藉此完成廖雁平出書的心願。收錄在本詩集的廖雁平作品，起始自一九七五年，終結在一九八三年。周清嘯作品跨過廿個年頭，從一九七五至一九九五年元月三日最後一首詩「今生之約」——悼念葉明往生的創作為止。也可以這麼說：一九七五年至一九八〇年那段在臺北的神州詩社黃金歲月，可歸納為大夥兒創作的豐收期。收錄在詩集裡的周清嘯和廖雁平作品，質量俱佳。可惜的是，雁平一九八三年封筆，清嘯一九九五年以後從事

娛樂事業，創作歌曲，與娛樂圈打交道，和繆斯卻漸行慚遠，誠屬可惜。

　　拖延出版詩集的另一收穫，則是無意間從當年臺北出版的《高山流水・知音》那本詩社同仁詩集中找到了許多周清嘯的作品，也算是彌補了一些缺失。我個人的四十七首詩。從上個世紀的一九七一年跨躍到二〇〇五清嘯往生為止。其中一九七一年至一九七六年共八首，一九八一年至一九八二年回馬創作共九首；剩餘部份由一九九五至二〇〇五年止，都是未結集詩作。尤其是前期作品，只能說真美俱足，止於至善更是遙不可及，面紅耳赤勉強納入，算是作為紀念的方式露面，再過若干年，恐怕沒有這個勇氣了。

　　〈風依然狂烈〉是周清嘯的一篇散文的篇名，借用它，狂烈依然是對於文學藝術的守護，只是歲月催人老，心境等風化，風化的心如磐石，有堅持，緬懷像詩的語境，有平實的雋永，這大概就是詩人一生中追求的信念。可惜的是，周清嘯壯年告別文壇，在一處風的洞口，這股清流也依然狂烈地每天吹著。

　　這本三人合集的出現，是生者的無限期待，卻也是對已故者的無窮緬懷，交往當中血淚，於此可堪追憶。六年前清嘯往生，生者如入叢林，不見山水，卻有著無數歷歷在目的清新見真情。在那個年代，寫一些為人所知所不知的那一頁一頁章回：是七十年代至八十代的陳年舊事，此生所為何事，此生又所悲何物？當可一再提起，也無須那麼在意。歲月蹉跎，如影隨行，卻無法分辨那些是，那些非！誰是最終的夜歸人！莊子說過：「與其是是而非非，善善而惡惡，不如兩忘而化其道」來得徹底。行文至

此，像翻遍整本合集的篇章，追述那段時日的各種相貌和蹤影，彷彿各自再返回寫作的現場，長夜深宵不眠，即席寫詩，練武，月下結義，凝聚社友的武林，滿座衣冠似雪。爾後步上夢幻的月臺、乘搭返回詩社的遠行火車，抵達臺北羅斯福路五段的試劍山莊，再從容梳理下回聚會的征程。

此合集得以延後卻如預期出版，要特別感謝辛金順的大力促成，何乃健及陳素芳百忙中撥冗寫序，真摯和建言，豐富了此書出版的內含。正愁著一些出版經費的當兒，卻捎來姚迪剛、何乃健、劉志強及許友彬諸兄的慷慨解囊，讓此書的面世不只是作者的心中溫潤，畫面清亮。更要感謝資深專業設計人李男的封面故事，敘述多年的行雲流水，綻放光彩。

百感交集寫後記，是風的記憶，也是時速變換被風一再鈴聲響起，若干年後，卻不知又將會是怎樣的風景？

詩合集《風依然狂烈》後記

2011年5月5日　莎阿南

笨珍海岸在哪裡？

　　二〇一〇年元月，臺北文訊雜誌企劃編輯邱怡瑄來電，希望在四月份規劃《話神州，憶詩社》特輯，廣邀所有當年參與神州詩社結緣的眾社員及友好撰稿，抒寫懷念結社的文字，起初我還有點猶豫，後經思慮，最後毅然行文支持。

　　這一年有許多事情陸續發生急轉而風湧雲動。寫作的意圖隨著心境的起承轉換，破冰解凍，努力掙扎突破，順從詩心那擇善固執的堅定不移，也造就了詩人這一年創作泉湧與暴發，對個人而言則起標杆作用，也是新的起點，從新出發。唯有觸覺擴散，體裁多元；透視關注當下，詩的生命從幼芽萌起並茁莊成長。

　　四月號文訊雜誌二九四期終於出版發刊上述特輯；三十多年前的神州諸子不少響應了抒寫計劃，厚厚的數十頁專文確也創造了奇蹟，也為我的詩及散文創作洗滌了好久的沉澱，蔚為個人創作的藍天；宋朝詩人張先的名句：「心中事、眼中淚、意中人」的人事滄桑跌宕，在這一年來皆一再鋪成一座脈絡可尋的城池，餘波蕩漾，陪伴我渡過原想好好追述的歲暮往事，而且如影隨行多時。

　　去年五月二十日因公務到了臺北，晚上臺大鹿鳴軒聚會時，除了好友陳素芳、李男、胡福財等外，三十多年來一直想見的師

長和朋友如朱炎老師、亮軒及陳正毅，卻欣喜在聚餐上首次相會，暢飲盡歡而別。那回也和文訊邱怡瑄等到昔日寫作的多個現場尋訪留影拍照，但由於雨天，拍攝效果不理想，卻也意外寫了長文〈烏托邦幻滅王國〉，對詩社過去往事作了局部緬懷，心境也豁達了，場景也因故人星散，三十多年後彷彿再次回到眾社友那種驚喜的初逢。

〈烏托邦幻滅王國〉從六月起開始動筆，寫了兩個多月才完稿。再經多次修正，還是覺得不滿意，總覺得前後連貫不甚流暢，無法一氣呵成。寫散文原非我的專長，本應藏拙，然此時觸景生情，有所牽念，且有不吐不快之感慨，當之奈何！此文後經九歌出版社總編輯陳素芳多次修飾提點教正，始得完璧。我在散文的精進，得助於好友的忠言和修改，也更加的使我對散文的創作有了新的啟發，勇於挑戰。

我又向十月挑戰，誇下海口，要在一個月內，每天寫成詩作一首，長短不拘，一個月內不間斷，最後因毅然堅持，得詩卅一首，好生痛快。當然這三十一首詩也是多年來蓄勢待發，如箭在弦，且日有所思，夜有所夢的累積暴發而水到渠成，這對昔日詩社聚會時提倡即席創作，多少也能強力印證此舉對日後個人創作有所助益，並非得來全不費功夫。

十一月中旬，我和內人首次同遊神州大地，以遊客的身份和寫詩的心情踏上那片海棠葉土地的江南水鄉，竟也完成十首遊興之作，雖是隨興，卻也因過去和現在對這片土地依然有著憧憬和懷想，血液裡還偶爾流著長江大海的脈動。因有所堅持，最後發而成詩，著實也為二〇一〇年盛滿了個人創作豐收的季節。

　　期望在臺灣出版詩集是多年來心願，今年三月二十五日在臺北時經辛金順的引介，得以認識秀威的楊宗翰，當日在臺北內湖其出版社約見，參觀及詳談，隨即敲定了出書計劃，確實了結擱在心頭多年的夙願。

　　收錄在《笨珍海岸》的四輯作品，為二〇〇六年至二〇一〇年的創作，是詩人在寂寥時的低吟，觀物移情的感懷，同時也是潛入內心深處無窮的探索，獨立和時間競走，擁抱大地同歡，更多世事的悲憫。此時落筆，倍感沉重、孤單，也無奈，旋即點化成詩，在空氣中承載它的重量。

　　笨珍海岸無所不在，不管你身在何處，靠岸的碼頭日夜觀看船隻的出航和歸人的日落背影，仍依然憑藉陸海相連相通，兀自載浮載沉，是為記。

詩集《笨珍海岸》後記

2011年5月5日　莎阿南

跋：宗舜福緣

陳正毅

　　李宗舜（黃昏星）今年一口氣出版三本著作，這本散文集之前，七月他個人詩集《笨珍海岸》領航，八月他與周清嘯、廖雁平的現代詩合集《風依然狂烈》呼嘯而至。李宗舜散文集《烏托邦幻滅王國》歲末登場壓卷，文章涵蓋一九七四至二〇一一年歲月，行蹤橫跨馬來西亞、臺灣多地。宗舜蓄積數十年的功力，一出手即連綿不絕，如他爽直濃烈的個性；這些佳作入列，華文文學天空更加完整無缺。

　　掀起文壇風雲的神州詩社英豪，各奔前程三十多年後，鬢已星星也，然壯志未已。宗舜今夏詩集出版傳訊通知，我從臺北郊外山居趕至松江路書店購買，遍尋不著，書商用電腦搜尋回報書已到，在內湖的倉庫，近日上架，悵然而返。適逢周清嘯夫人從吉隆坡來臺，作風明快的宗舜託帶二書，我與九歌出版社總編輯陳素芳（當年神州詩社的陳劍誰）幸而先讀為快，回顧五陵少年成長為社會棟樑歷程，歲月的餘緒伴我徹夜未眠。

　　宗舜與我有緣。他於一九七四年十月自馬來西亞來臺，準備參加大專聯考，住在建國補習班宿舍，因為離開大馬詩社的弟兄，一時無法適應臺北的生活，寫了〈歸去〉、〈都是歌語〉、〈斷橋〉等詩，抒發背井離鄉的愁緒；我一九六七年沒

考取理想的高中，父命準備重考，也遠離家鄉到臺北，進入火車站前館前路旁的建國補習班，首次嚐到寄人籬下滋味，愁悶時就上建國大樓屋頂平臺遠眺沉思。或許那時播下文學種子，後來到嘉義的輔仁高中就讀，瘋狂投稿青年園地，主編校刊，走向文字工作之路。

宗舜到政大中文系就讀，和大馬來臺的文學同好合組神州詩社，詩、散文、武功是日常功課，寫下〈話本〉、〈紅橋〉、〈暮鼓晨鐘〉等作品。當時，我在世新讀新聞，賃居道南橋畔，與政大文友哲夫、余楓及高中同學陳國鏖往來密切，未及神州。後來和世新同學合辦《新聞人報社》主編副刊，獲世新文藝社選任社長，活動重心在溝仔口翠谷和景美，忙得昏天黑地，也看到「神州」旭日上升。

世新畢業，我考取中央日報記者，臺灣興起地方報熱潮，學長謝春波、何其慧伉儷創辦《文山報導》，邀我兼任總編輯，坐落政大旁。我熬夜改稿、下標題，到萬華印刷廠拼版，一展所學，不覺勞苦。到「文山」前，帶滷味小菜先到神州把酒言歡。宗舜筆名黃昏星，那時總綰神州外務，與我十分相企。我婚前，宗舜鼓勵把發表於報紙副刊的作品結集出版，並積極幫忙牽線，一九七九年六月，皇冠出版社出版我的小說、報導文學合集《下雨天》。皇冠老闆平鑫濤先生曾任臺灣聯合報副刊主編，拙文則多登載高信彊先生主編的中國時報人間副刊，彼此競爭數十年，宗舜的熱情熱心，讓我得償宿願，銘感五內。

後來，神州出版社《今之俠者》一書再版邀序，我寫〈帶劍書生〉，記述神州諸君擊節高歌情景「一聲一捶，把酣睡的青

龍擊痛了，那痛是一種被擊的悵惶，使我看清楚海盡石枯後潛龍的無依；為什麼『滿江紅』會有這種凌霄而上的怒氣、高節，為什麼能唱得那樣勁烈激昂。你再聽：『掛劍的少年／傲嘯的年少／在暮未暮日落未落的時候／你看你看／這像不像個壯麗的朝代』。這樣的懷抱無疑使萬家的燈火都為他們而落拓。」

二〇一〇年春天，臺北文訊雜誌四月號大手筆製作《話神州‧憶詩社》專題，刊出溫瑞安、黃昏星、廖雁平、方娥真、陳劍誰等神州臺柱的九篇憶舊文章。我捧讀回想當年神州那群白衣擊節高歌、亦詩亦俠的英姿，彷彿又在眼前翩然舞動；然而〈帶劍書生〉寫神州四子千里相隨情義，清嘯已仙去，雁行折翼，思之悵然。

宗舜生涯歷經波折，始終沒有停筆，創作推陳出新。二〇一〇年暮春來臺，素芳在臺大校園鹿鳴軒接風，邀朱炎老師伉儷、作家亮軒、插畫家李男、文訊社長封德屏和編輯邱怡瑄、李文媛，及廣藝基金會網路總監、神州老友攝影詩人胡福財歡聚，我敬陪末座。宗舜提起我倆當年合唱沉重譜曲的鄭愁予詩〈殘堡〉，問我「還記得嗎？」我莞爾一笑，盡在不言中。

二〇一一年春天，宗舜再度來臺，回程前才連絡上，他熱情如昔，卻已接近登機時間，手機敘舊，天涯若比鄰。我在人間福報副刊的《新聞人隨筆》專欄，五月十七日登載〈黃昏星〉，寫這位血性漢子和神州出版社發行人陳素芳見義勇為。

文章千古事，得失寸心知。宗舜用心筆耕，詩、散文質量可觀，讀者細品自有體會。不誠無物，我特別欣賞宗舜筆下的真誠感情，僅此一點，就足夠回味再三了。讀至這本散文集壓卷作

《烏托邦幻滅王國》，讓我整晚沉浸在他十年寫作現場，多少豪情多少淚。耳際彷彿傳來宗舜在問還記得鄭愁予〈殘堡〉嗎？

我當然記得，你聽：「百年前英雄繫馬的地方／百年前壯士磨劍的地方……我傳下將軍令」。宗舜，趁月色，讓我們一起唱他三百回！

2011年11月28日　臺北

附錄一：

遙遠的鼓聲──回首狂妄神州 　　　陳素芳

　　一九七五年，鄉土文學方興，大一的「現代散文選及習作」課堂上，老師介紹了當時還是禁書的魯迅作品，請來政大教授尉天聰主講「路不是一個人走出來的」專題，讀《郁達夫日記》，司馬中原的鄉野傳奇，白先勇的《臺北人》，張愛玲小說。一扇天窗打開，我想探頭去看遼闊的文學世界。

　　我購買了生平第一本現代詩集《將軍令》，作者是同班同學溫瑞安。

（一）同學變大哥

　　就在「現代散文選及習作」下課後，鮮少出現在課堂的溫瑞安突然找我談話，一路從文學院走到傅園，我以為他會和我談詩，他卻像說書般說著女友方娥真，還有一起來臺的「兄弟」，他們在臺生活的艱困，為了省錢印詩刊，連續吃泡麵吃到手脫皮。一個小時下來，他滔滔不絕地說，我聽得怦然心動，熱血沸騰。

　　他說起自己的哥哥溫任平，再說他們在僑居地馬來西亞如何艱困的學中文，臺灣寄來的名家詩集，他們視若珍寶，手抄閱讀，一群中學生怎樣在中文資源缺乏的異域創辦中文詩社「天狼

星」，讓當地寂寞的寫作青年有個家，從四人小組到一百三十四人的十大分社。他們寫作，在各地聚會研討文學議題。他說臺灣是他們心中最具體的「文化中國」，是古詩中「落日照大旗」的地方，我感受到初讀他那篇〈龍哭千里〉的悸動。

　　「臺大現代詩歌實驗覽會」上，看著「天狼星」詩社演出詩劇《將軍令》，外文系兩位女生以舞蹈詮釋溫瑞安的詩〈江南〉，我決定要去天狼星詩社，要去會會溫瑞安口中那些像江湖豪傑的兄弟。

　　依規矩，我必須帶一首自己創作的詩。

　　在啃完從圖書館借來余光中《天國的夜市》，我帶著人生的第一首新詩，一首關於流浪的詩踏進了位於羅斯福路五段的「試劍山莊」。

　　對愛武俠寫武俠的溫瑞安而言，人生又何嘗不是具體的武林？住處是「山莊」，取名「試劍」，就是「劍試天下」，大有結客四方煮酒論詩之意，客廳喚作「聚義堂」，他的房間以自己的號「振眉」為名。「振眉閣」外有「振眉詩牆」，貼著社員創作比賽的榜單，由他評審，前三名是「天涯三絕手」。

　　一九七六年十月，我第一次瞞著家人參加詩社在福隆海邊的活動。這樣的聚會每年一至兩次，尤其是中秋節，在明月見證下結拜盟誓，更是年度大事，地點不是在海邊就在山上。因為只有山高水遠才能與「少年遊」相配，才能壯懷激烈。當我們穿練武的白色道袍在沙灘上打拳，在海浪相伴下朗誦詩、唱歌，生命正年輕，有大筆歲月可揮霍，風雲將起，就像詩刊上溫瑞安的題詩：

看啊看，兩岸的路都點起各自的燈籠／悠悠遊遊長袍古袖而時正中秋／掛劍的少年，傲嘯的年少／在暮未暮日落未落的時候／你看你看，這樣像不像一個壯麗的朝代

　　三天兩夜的聚會完全翻轉我成長的經驗，徹夜辯論文學議題。「武術大會」之後，是新創作的詩歌朗誦，沙灘上奔跑後是一口濃烈的高粱，除了來自馬來西亞的黃昏星、周清嘯、廖雁平、殷乘風、方娥真，還有來自不同學校系所的本地學生。我們圍繞在溫瑞安身邊，看著他朗讀神州詩社的「獨立宣言」，暮色將臨未臨，有人帶頭唱起：「中華的榮光正在茲長發揚……唱到悲歌慷慨情節激昂，發人深省無限感傷，莫怪原形畢露粉墨登場，可泣可歌人世炎涼……。」

　　這是「長江第三次聚會」，神州詩社正式成立，我是寫不出好詩的詩社社員，我以為自己正在寫歷史，這一頁的歷史，主角是溫瑞安，我們稱他「大哥」。

（二）「有些話不能不說，有些仗不能不打」

　　由於溫瑞安、周清嘯讀臺大，黃昏星、廖雁平在政大，早期的社員也大多來自這兩個學校。那時溫瑞安與方娥真的詩已漸受文壇矚目。高信疆贈劍給溫瑞安，我們多次在他家辯論、唱歌。余光中為方娥真《峨眉賦》寫序，稱她是「繆斯最鍾愛的幼女」，我們去廈門街的余府，師母下廚，為我們準備大量食物。多年後，有一次余老師要去馬來西亞演講，他問我：「你

的家鄉在東馬還是西馬？」我笑說：「老師，我的家鄉在臺澎金馬。」

這樣的拜訪，溫瑞安名之為「出征」，前輩愛惜文壇後進，總是準備豐富的食物，準備餵飽我們。那時的「出征」是精神與物質的雙重飽足。神州詩社窮的出名，代表人物是副社長黃昏星，溫瑞安筆下吃生力麵吃到手脫皮的就是他、周清嘯與廖雁平。他嗓門大，國語不標準又愛發表言論，為人熱情，做事充滿幹勁，溫瑞安、方娥真在臺出版的作品都是由他出面接洽，要找溫瑞安，要先透過他，拜訪作家他來安排，一句：「我們大哥要見你。」惹來多少不快，自己也不知道，因為「大哥」要寫稿，要籌畫社務，運籌帷幄的人總是在最關鍵的時候出場才能決勝千里。我喜歡取笑黃昏星的中文，有一次，他問我「蠢」字怎麼寫，我逗他：「兩個春天一條蟲」，他竟然照寫。

我們去張曉風家，圍坐在客廳靦腆的介紹自己，在亮軒家的客廳穿上道袍打拳、唱歌、朗誦詩。去朱炎老師家，酒餘飯後，朱老師聽著我們怎樣寫詩，如何在吃這一餐沒下一餐的情況下，還熱血沸騰的說「要為中國做點事」，淚流滿臉。去詩人管管家，認識海軍中校汪啟疆，覺得他就像現代的辛棄疾。最難忘的是幾次在朱西甯家的聚會，那時他們正籌畫「三三」文集，我們在朱家的客廳談「漢」說「楚」，「三三」是「漢」，「神州」是「楚」，朱老師與他的三個女兒，總是全程陪伴，貓狗圍繞，劉慕沙阿姨像仙女婆婆般圍裙兜一兜就兜出一大堆好吃的食物，有時還有幾個年輕的文友，座上還出現過反共義士。在這裡，我不止一次聽他們說起「胡爺爺」胡蘭成。

一次又一次這樣的聚會，是我們的訓練，我們拱手進入主人家，每個人都變得能說善道，殊不知這是主人的善意包容，他們深知真正的高手是溫瑞安；我們自以為是的發表意見，直到溫瑞安發言時才是真正的高潮，如果有人提出我們怎麼進修，學校的課業怎樣兼顧，這晚就注定不會有個愉快的結束。

　　有人來山莊說起李雙澤，聽到他在熱門演唱會上，以吉他伴唱〈國父紀念歌〉，吶喊「唱我們的歌」，我們熱血沸騰的等著和他見面，卻在約定日期前，聽到他為救人而溺斃的噩耗。有一位政大的學生在山莊抱著吉他唱自己的創作，他就是後來寫〈龍的傳人〉的侯德建。

　　臺美斷交，深夜，社裡燈火通明，溫瑞安一邊踱步，一邊激動的說著國家有難，士大夫當振臂而起，我們聽得激動到必須唱歌，卻引來隔壁鄰居報警，索性換上道袍，一路從指南路二段步行到羅斯福路臺大的大門，帶著國旗唱個夠。

　　溫瑞安才思敏捷，十三歲時就是同年齡小孩的領袖，受父兄影響，自幼即廣泛閱讀，中國是他的圖騰，他寫詩，長安、黃河、江南，是他的意象，隱隱然召喚中華的詩魂。他善辯，言詞鏗鏘，引經據典，從李白到余光中，由杜甫到瘂弦，長篇大論，絕不打結，總讓人忘記他身材的矮小。他寫武俠小說，提倡練武。世界是江湖，朋友是兄弟，肝膽相照。亦詩亦俠的意象，彷彿輻射般的熱力，吸引著年輕的我們，想跟他一起闖天涯。他的紅粉知己是方娥真，我們稱她「娥真姊」。大哥身邊的娥真姊最美，歌聲最動人，她的詩最好，與大哥在一起，簡直就是金庸筆下的《神鵰俠侶》。當時兩大報剛開始小說徵文，我和她一起參

加某報比賽，我的小說進入最後決選，娥真姊沒入圍，我開心的
大聲朗讀通知函，卻發覺身旁沒人回應，趕緊虛情假意的說：
「不會得獎啦。」竟一語成真，從此不再參加徵文比賽。

（三）大哥不是想見就可以見的

　　為了能參與詩社的活動，不想讓家人知道我的「課外活
動」，大二時我申請住校，家人以為我爭取時間讀書，其實功課
是一落千丈，年前大學同學聚會，我和他們沒有共同的大學生活
回憶，倒是他們對我有共同的印象：「她都沒來上課。」那時我
怎有時間上課？山莊裡那麼多事，「聚義堂」的黑板上，寫滿了
該做的事，要去校園推廣我們的書，要與大學的詩社辯論，又有
新人來社，我必須負責說「神州史」，評他們帶來的詩，要介紹
他們看我們聚會回來編的手抄本《長江》，「振眉詩牆」要揭榜
了，我徹夜完成的詩，說不定會上了「天涯三絕手」。有這麼多
的文學事業要完成，少上一兩節課又怎樣，文學的養成教育在野
不在朝。

　　初期的不安被自己說服後，蹺課是正常，最後索性搬離宿
舍，住進「試劍山莊」，隨時準備「辦大事」。

　　溫瑞安與方娥真的作品陸續出版，兩本詩社史《風起長城
遠》、《坦蕩神州》也先後在故鄉與長河出版社出版，看著書裡
自己的照片與文章，還真以為自己正在寫歷史。

　　山莊常有讀者來訪想一探傳奇，工廠黑手、客運司機、高
中學生，其中一位就是當時就讀師大附中二年級的林耀德。他們

都想來見書中亦儒亦俠的大哥溫瑞安，古典又抒情的方娥真，卻都是先看到讓人一見就喜歡的二哥黃昏星。「大哥昨夜寫稿太晚在休息」，「大哥在趕稿，我會轉達你的意見再安排時間進振眉閣」，總之，大哥不是想見就可以見的。我不知這樣的儀式是怎樣漸漸形成，烘托大哥形象成了本能，也成了競賽的籌碼。離開神州多年後，溫瑞安要見我這老友，要人傳話，我要見他，得透過他的助理。他一路行來始終如一，我卻與他漸行漸遠。

　　鄉土文學論戰開火，詩社最敬重的余光中老師成了被攻擊的目標，零星的戰役在「試劍山莊」熱烈點燃，我們熟讀那篇起火點〈狼來了〉，熟記陳鼓應《這樣的詩人余光中》書中溫瑞安畫線的重點，隨時備戰。先鋒是黃昏星與周清嘯，主將是溫瑞安，我們在一旁躍躍欲試，卻常常惹來鄰居的抗議。我們認為自己在為文學辦大事，鄰居卻認為我們擾亂安寧，頻頻向房東抗議。

　　詩社日漸壯大，社員越來越多，一年一度的中秋結義，最多排行到十七，結義的兄弟是核心分子，外圍的社員更多達三十幾人。起風了，我們正準備出航，家庭與金錢，學校課業與社員之間的矛盾問題一一浮現。

　　因為課上的太少，必修課程、補考、重修，我僥倖四年畢業。其他社裡的成員，不是休學就是被退學。溫瑞安曾有這樣的詩句：「我是那上京赴考而不應考的書生」，我喜歡詩句的瀟灑與浪漫。他早有文名，武俠小說一篇篇連載，靠著才氣，他衣食無虞，身邊兄弟圍繞，開疆闢土，永遠有前鋒部隊開路，他不需要文憑。然而，神州只有一個溫瑞安，我們這些子弟兵，個個因

為就學問題鬧起家庭革命。山莊裡常出現憂心憤怒的父母，包括我的母親。我們卻自覺悲壯，更像大哥的子弟兵。

　　我兩次被抓了回去，又逃了出來：很長一段時間，溫瑞安與馬來西亞成了家中最忌諱的名詞。有一次，母親一邊打我一邊哭喊自己命苦，為什麼生個女兒和別人不一樣，我也哭，「為什麼要和別人一樣」，我心裡想著每次碰到這樣的事情，溫瑞安會說「做大事是寂寞的」，不被瞭解最孤獨，我是要做大事的人，我已顧不了親情，現在的磨難是必須的。

（四）千金散盡不復來

　　因為與家裡起嚴重衝突，我們不敢回家伸手要錢，我兼家教，卻常因社裡活動不能缺席而丟工作，靠著哥哥從美國寄來的零用金，我理直氣壯地瞞著爸爸媽媽向姊姊們借錢，做大事的人是不講究人生細節的，欺騙有理。

　　詩社解散兩年後，我看了姜貴的《旋風》，看到主角土共方祥千，為了完成共產黨的理想，吸收新人加以培訓，出賣田產，借小帳不還，犧牲親情，他自己都有一番解釋。方祥千想的，怎麼跟我們當時那麼像？文學鏡照真實人生，我看得觸目驚心。

　　錢總是不夠用，生活開銷之外，三天兩夜的「長江聚會」，一年一度的中秋結義，還有偶爾要遠征馬來西亞的費用。那時政府剛開開放觀光護照，我跟家人說與同學去阿里山，帶著剛到手的護照跟著溫瑞安到馬來西亞，這是神州的原鄉，廿歲的我不斷告訴自己：朝聖是必要的，欺騙家人是不得已的。

花錢如流水，大哥寫稿寫到深夜，我們要陪他和娥真姊吃宵夜，這可是結拜時排名提高的好機會，看電影，是休閒也是進修，最重要的是要陪伴，保護大哥與娥真姊。獨自行動時，我們坐公車，與他們外出當然坐計程車，千金散盡還復來，錢用完了再說。

為了完成溫瑞安描繪的文學大業，除了他和方娥真，社員個個背債。

（五）我是唯一拿到大學文憑的人，所以我必須當發行人

那時故鄉出版社，正準備出版《仙人掌》雜誌，負責人林秉欽與許長仁允諾要出版詩刊，由我們自己推銷，並同時賣《仙人掌》雜誌，利潤歸神州，他們只是想為中華文化盡點力。於是，我們開始打仗，在校園裡逢人就請人看我們的書，開始滔滔不絕的說我們的詩社我們的詩刊，就這樣，「長江一號」《高山流水‧知音》在八天之內賣完一千冊。

打仗之名是溫瑞安取的。我們背著大包書出門，他在門口相送，有時方娥真也會參加，溫瑞安則是中途來到現場觀戰，然後深夜在黑板上寫當天的戰績。「打仗」成了詩社重要的工作，也是收入的來源之一。

溫瑞安嚮往王光祈的少年中國，我們創辦《青年中國》雜誌，一九七九年，神州詩社擴大為神州文社，神州出版社正式成立，我是社裡唯一的大學畢業生，當發行人責無旁貸。自己出書自己賣，改善經濟又不違背理想，生活似乎漸漸進入常軌。因為出版《青年中國》雜誌，認識了印刷廠的王老闆，他建議我們自

已印溫瑞安的武俠小說，他先墊印刷紙張費，你們溫大哥的書銷路不錯，收到書款後再還錢。兄弟同甘共苦，我們相信大哥一定會答應，此時，一旁的方娥真說話。她激動說，我們不能利用大哥的善意，版稅不能比外面低，才更能展現我們出版大哥作品的誠意。表現誠意，她提出我們出版溫瑞安的武俠小說，必須付給他百分之十五的版稅，大哥會把最新最好的作品交給我們。若不是不久後，警總突擊「神州」詩社，我這發行人就得開出生平第一張鉅額支票。因為我們得一次付清溫瑞安三本書的版稅。

（六）「美麗島事件」發生，我們被視為異議分子

我們還在為自己的王國沾沾自喜的努力，臺灣社會卻已風雲變色，發生真正的歷史「美麗島事件」，我們這一群年輕人，不讀書，進進出出大隊人馬，夜夜燈火通明大聲辯論，開始有人視為異議分子，中秋節在阿里山結義、唱社歌，也唱當時的禁歌，引來警察局的關照，一再被盤問。我們茫然不知，戒嚴時期集會結社是違法的。

長期的金錢匱乏、學業荒廢、開不完的批判大會、愚公移山似的揹書賣書，有些重要的社員尤其是神州初創時的成員陸續退社，我們悲憤的說他們意志不夠堅定，違背我們在明月下結拜的誓言。

退出的社員常成了溫瑞安武俠小說中的背叛者，面目猥瑣，下場淒涼狼狽。當時我們竟然覺得看得很過癮。（寫完此文，我強烈懷疑自己在他的武俠小說中又會再死一次）

溫瑞安長於組織，他以「天龍八部」將社員分組，各司其職。他說我們是家人，必須坦誠相見，有錯要當面指證。當時的「督察部」就負責這工作。大家團團坐檢討當天的工作得失，於是有人發難，指責誰今天說錯話，誰自私只管自己的事而不在乎兄弟在前線作戰。溫瑞安說，這是要訓練我們勇敢正視自己的錯誤，糾正自己的人性弱點，只有了解自己，才能戰勝自己。被說者敢怒不敢言，有人準備下次反批；有人為自己辯護，卻往往引來更多的圍剿。批判大會令人人又愛又怕，我們不會挑戰溫瑞安與方娥真，卻可大批老頭子──黃昏星、周清嘯、廖雁平，只有挑戰權威才能更上層樓。被批者人恆批之，輪到自己成為被批對象，最難堪的一面被攤開，簡直無法招架。

離開神州後與舊社員相聚，我們共同的經驗竟是常作夢夢到批判大會而驚醒。

（七）青春夢醒，淚眼相望

一九八〇年中秋過後的夜晚，我記得正在回信給讀者，一邊為剛開完的批判大會沮喪不已，突然湧進十幾個人，他們翻箱倒櫃，帶走大批資料，也帶走溫瑞安、方娥真、黃昏星與廖雁平。驚慌失措，腦筋一片空白，出事了，我在害怕之餘卻還覺得「也好，至少明天不必開會」。黃昏星與廖雁平一天之後放回來，溫瑞安與方娥真卻被送進軍法處，等待審判。大哥被抓，誰也無心做事，黃昏星天天騎腳踏車到新店軍法處為溫瑞安、方娥真送菜，時間在無所事事的等待中過去，以前內心強制壓抑的迷惑不

平，一點一點擴大，也不知誰先說出口，先是小心翼翼，然後越說越多，說到過去的辛苦，在大會上的挨罵，家人的不諒解，前途的茫然，大家哭成一團。淚眼相望，是該離開山莊了，青春夢醒，生命還是要回到正常的軌道運行。

回首年少狂妄，恍如隔世。我們當年信奉的「中國」從理想中的文化意象落實為世界大國，但與我何干？當年關愛神州的文壇長輩，朱西甯、高信疆，均已走入文學史，那些一起寫詩的朋友，周清嘯因心肌梗塞壯年辭世，令人神傷，更早走的是盛年的林燿德。黃昏星、廖雁平在僑居地為生活奮鬥，寫詩、讀書還是生命重點，只是排序在家庭、生活之後，每次與他們相聚，總是人生樂事。倒是當年在臺灣的社員卻是不想回首往事，畢竟有些傷痕，即使結疤也不能一看再看。

記得有一次深夜，我們一群人夜半上指南宮，白衣白褲，不記得為什麼上山，只記得凌晨時，我們正走在迴廊上，天未全亮，廟院鐘聲響起，然後是一陣陣的鼓聲，我們隨著鼓聲的節奏前進，那時的肅穆與感動，我沉吟至今。人生無法改寫，我因愛文學誤闖「試劍山莊」，成了「神州詩社」的社員，卻從未寫出一首好詩。老友星散，我因缺課太多無法像其他同學一樣走上教書之路，文學成了我的工作，不負年少初衷。回看當年在詩社的文章，幼稚，粗糙，一相情願卻又有未曾再被點燃的熱情，我珍惜。

2010年3月　臺北

附錄二：

一九七〇年代臺灣神州詩社及其詩人活動記錄
——與詩人黃昏星（李宗舜）對談　　　　解昆樺

訪問日期：二〇〇八年六月
訪談地點：臺北教師會館
受訪者：李宗舜（以下簡稱「李」）
訪問者：解昆樺（以下簡稱「解」）

解：我們先從當初在馬來西亞唸高中時候的事情開始講起。就
　　是大概知道你跟溫瑞安有相聚，然後那時候很喜歡聽他講
　　故事。

李：對，其實結緣，這是一個很重要的關鍵，特別的情況是，當
　　年上初中一的時候，因為我們那時候上中一前，還需就讀預
　　備班，預備班那年，我是從他校轉進來的。溫瑞安、周清
　　嘯、廖雁平等是從美羅中華華小直接轉進來的，所以他們從
　　小學升上中學預備班，成績較好的就編排在A班，另則從別
　　的學校轉進來的新生，就安插在最後E班。因為沒有對手，
　　所以我在最後一班的成績是最優異的。其實我和溫瑞安他們
　　是在第二年的中一同班的時候認識。隨後，影響我們最深的
　　是溫瑞安的父親溫偉民和溫瑞安。溫偉民是我們當時美羅中

華中學的華文老師。美羅中華中學是一所改制的國民型中
學，就是在那時候，我們開始聽溫瑞安講故事，他講得最出
色的就是《血河車》武俠小說人物故事，而且非常精彩。溫
瑞安是個奇才，武俠小說裡的人物，到了他嘴邊一轉，皆變
成他自己的故事，聽來非常扣人心弦。當然我們都很仰慕溫
瑞安，也天天遊說他不停的講故事。溫瑞安很會掌握情節，
緊張時刻就立即打住，吊人胃口，就是要下回分解。當時，
我們已經看出他在文學領域的造詣。後來他寫武俠小說，一
天可以寫一萬多字，應該是從這樣的環境裡培養出來的。他
記憶力超好，所有他看過的文章，經過他的吸收變化，再移
轉他能言善道的好口才，滔滔不絕更加精彩是武俠世界的奇
幻章節，烽火連天。他父親是我們的中學華文老師，為人幽
默，講課風趣，我們這些學生受他潛移默化間接影響而對文
學產生了興趣。在當時，若要接觸到文學作品不容易，美羅
的書店販賣的都是文具和一般的參考書。若要購買文學書
籍，需到遙遠的吉隆坡購買。當時的交通狀況並沒有像現在
這般便利，從美羅到吉隆坡需五個小時車程，現在有了高速
大道，往返兩地則節省了一半的時間。

解：那時候吉隆坡大部分賣的是什麼樣的文學作品？

李：文星叢書出版的書籍如張曉風《地毯的那一端》、周夢蝶的
　　《還魂草》、余光中的《五陵年少》等等。

解：除了前面提到的幾位文學界的前輩外，是否還有其他作家對
　　你們影響深遠？

李：溫瑞安有個哥哥叫溫任平，他是影響我們最深遠的馬華作家。

解：後來你們來臺灣最大的原因是什麼？

李：我們當時在辦綠洲期刊的時候，由於受到臺灣作家詩人的影響，在物資貧乏的條件下，文學養分卻得到充分的吸收。文學作品一書難求，因此也就格外的珍惜，當時主編綠洲期刊時還特別編輯了數期臺灣作家的特輯。其中余光中的特輯還編了兩期，而且還是用手抄的方式出版，彌足珍貴。

解：請談一下當時成立詩社及結義的情形。

李：一九六八年同班開始認識溫瑞安，大家深受他的影響。一九六八年至一九七〇結義金蘭，美羅「七君子」如下：溫瑞安、黃昏星、休止符（周清嘯）、廖雁平、余雲天、葉扁舟及吳超然，輪流辦《綠洲》期刊手抄本，興趣所致，不捨晝夜的抄錄和閱讀前輩作家的作品。

解：就是你們這幾個人輪流編撰？

李：一人編一期，我編了兩期，周清嘯編了兩期。前後至少超過十多期，都是手抄本，其中包括余光中和葉珊的特大號專輯。

解：余光中和葉珊這幾個專號是否比較受歡迎？

李：比較受歡迎的還有瘂弦、張和風及周夢蝶等。

解：大家傳閱，銷路也很好？

李：其實沒有銷路，因為只有一本，書籍還是向溫瑞安和溫任平借來手抄傳閱的。手抄的詩文，加上一些插圖和設計，彌足珍貴。當時我們編綠洲期刊，就是希望大家有機會輪流借閱，引起大家對文學的興趣。到了一九七三年溫任平從文德甲回到霹靂州冷甲和金寶教書，成立天狼星詩社，當時溫任平任社長。各地紛紛成立分社，如「綠洲」、「綠田」、

「綠野」、「綠流」、「綠林」、「綠原」、「綠風」「綠湖」「綠島」「綠園」等十個分社。

解：所以那時候你們大部分的刊物都是以「綠」字頭如綠洲、綠林、綠野及綠原取名。

李：溫任平的文學造詣好，理論基礎紮實，我們對他也很仰慕，同時在溫瑞安大力推動和鼓吹下，這些分社就在不同的地方成立了，其中就有綠洲、綠野、綠流、綠林、綠叢等十個分社成立。但主力是在綠洲，綠洲又在霹靂州美羅，後來陸續延伸到霹靂州其他地區如由陳采伊在宋溪成之綠原分社、陳美芬和方娥真在怡保成立的綠林分社、殷建波在冷甲成立綠野分社及張樹林在安順成立綠流分社等。天狼星詩社從草創到輝煌階段，我認為關鍵中有三位人物起著重大的影響。首先是溫偉民老師，一則是溫瑞安，另一個是溫任平。可是真正領頭的，打前鋒的是溫瑞安，真正坐鎮的是溫任平，溫偉民老師基本上是我們的師長，互動不多。我們常常在溫家的高腳屋相聚談文學，高腳屋「聽雨樓」周邊種了很多果樹，我們放假去溫家談天說地也討論文學，偶爾順便打掃他家裡的落葉，也常常舉辦月光會。後來溫任平在金寶彩虹園住家開闢唐宋八大家，所謂唐宋八大家就是大家把當月的作品交給溫任平審閱，並由溫任平評定，得獎作品就是那個月份的佳作。可惜我們後來到臺灣，唐宋八大家因而中斷。

解：溫瑞安應該是在一九七三年來臺灣的吧？

李：亦有人提到溫瑞安是在一九七四年到臺灣。

解：我是從神州文集看到你們好像在一九七三年來到臺灣。

李：那有誤，是溫瑞安和周清嘯在一九七三年九月第一次抵臺，
　　然後在一九七三年十一月又回到馬來西亞。

解：那為什麼他們又回來馬來西亞？

李：一九七三年溫、周兩人到臺大報到，由於思念天狼星詩社同
　　仁，結果當溫任平在一九七三年十一月中旬參加在臺北舉辦
　　的第二屆世界詩人大會之後，他們義無反顧毅然休學，放下
　　學業於十一月下旬陪同溫任平一起回來。到了一九七四年尾
　　至一九七五年初，陸續抵臺的天狼星詩社要員有溫瑞安、方
　　娥真、黃昏星、周清嘯及廖雁平五人。

解：大馬到臺灣的天狼星社員，據說還有一個殷乘風？

李：對。他是導致天狼星詩社和神州詩社決裂的關鍵人物。

解：這又為了什麼？

李：殷乘風年少懷大志，中學未畢業就不顧一切到寶島和我們
　　一起闖天下，引起溫任平的極度不滿，他認為殷乘風應該完
　　成中學取得高中文憑後赴臺升學才是正途，而且殷乘風是他
　　學生，殷乘風中途輟學赴臺，溫任平間中受到校方、學生及
　　家長的斥難及承受不少壓力。殷乘風赴臺之心堅決，從二樓
　　跳下折斷腳腿以表決心，一九七五年十一月抵臺，這就引發
　　往後雙方口誅筆伐的導火線，事件越演越烈，終告一發不
　　可收拾。後來我們透過故鄉出版社印行《風起長城遠》詩社
　　史，對天狼星詩社和溫任平做出許多批判和指責，為此種下
　　禍根。過後，我們多次返馬修好，天狼星詩社眾社友拋頭
　　一句話：「寫成白紙黑字的爛攤子如何收拾？」我們一時
　　為之語塞。

解：你們到了臺灣，出版了《天狼星詩刊》和《神州詩刊》，當
　　時出版詩刊的狀況，就我手上的資料，《天狼星詩刊》是你
　　們到臺灣之後，出版了四期，對嗎？

李：來到臺灣之後接觸到的詩社，首推龍族詩社同仁最頻密互
　　動，如施善繼、高信疆兄等。我們多次在施善繼家中作客，
　　後來出版詩刊也是受他影響和鼓勵而成行。一九七四年九月
　　及十月，溫瑞安、方娥真、廖雁平和我先行抵臺，隨後在
　　一九七五年周清嘯亦在臺北和我們會合。當時溫、方住在羅
　　斯福路三段一四〇巷十四弄三十號四樓，我住在和平東路，
　　準備參加大專聯考分發，那時大家雖住在不同地點，卻常相
　　聚，「五方座談會」常不定期在羅斯福路三段召開，這是聚
　　居的創作第一原址，由於參與者只有五人，寫詩社史的著筆
　　不多，不過作為天狼星詩社重要社友在臺的首個據點，除舉
　　辦座談會，更大的意義在於出版天狼星詩刊。過去綠洲期刊
　　以手抄本面世，流傳不廣，到了臺北以鉛字精美付梓，流傳
　　和影響更大更深遠。一九七五年八月四日《天狼星詩刊》創
　　刊號面世，一直到一九七六年五月大夥搬到羅斯福路五段
　　九十七巷九號之三（四樓）為止，前後共出版了三期詩刊，
　　我們從秋風氣爽的季節一直到翌年的仲夏，最大的喜悅是看
　　到詩刊定期陸續出版，為此奠定神州詩社的一些人脈和基
　　礎。羅斯福路五段的試劍山莊，黃河小軒，七重天最精采和
　　悲壯，莫過於天狼星詩社和神州詩社分家，出版詩社史《風
　　起長城遠》，神州詩刊：《高山流水・知音》（同仁詩合
　　集）面世。一九七六年十月十日出版《神州詩刊》第五期，

發表〈神州宣言〉，標示著大馬天狼星詩社和臺北神州詩社一分為二決裂，壁壘分明，口誅筆伐。我方的史料聲明是被開除，收入在溫任平《憤怒的回顧》書中之〈天狼星紀事〉，則一筆帶過：「溫、方、黃、周、廖等退社。」《天狼星詩刊》確實出版了四期，第五期詩刊則改成《神州詩刊》。嚴格來說，《天狼星詩刊》在臺北印行了四期之後，當時為了讓讀者感受到延續性和脈絡，《神州詩刊》創刊號標明天狼星詩刊第五期，到了一九七七年由故鄉出版社印行的神州詩刊《高山流水・知音》，書名底下也括弧標明是天狼星詩刊第六期，上端則標明神州詩刊第一號，若論編撰形式，則此詩刊更像同仁詩集。神州六子溫、方、黃、周、廖及殷乘風六人的詩作篇幅就佔了詩刊二七九頁當中的二四七頁，總比例近九成。餘下一成的三十二頁則是詩社新人作品和個人投稿，在形式上更像六人的詩選合集。

解：除了接觸龍族詩社同仁，還有什麼詩社與你們有來往和互動？

李：一九七五年，天狼星詩社和「也許」詩社臺柱伊洛、黃忠憲及陳浩有互訪，他們也來詩社交流，後來他們也把詩刊改版為《森林》文學雜誌，特來邀稿。我們和綠地、草根詩社有些交往，其後，《神州詩刊》第五期還特設「詩刊論詩刊」，整個特輯還集中討論草根詩刊的作品。

解：高信疆是在怎樣的姻緣際會下和你們認識？

李：在一九七三和一九七四年我們未抵臺前，就在高信疆擔任中國時報人間副刊投稿書信來往認識。後來我們的文章陸續刊登在副刊上，又收到從臺北寄來的剪報和稿費，確實雀躍萬

分，也受到很大的鼓舞。我們抵臺之後，高信疆和夫人柯元馨常邀我們到他們家裡作客，我們最喜歡聽他出口成章侃侃而談副刊編輯、報導文學及施展文化理想和抱負。他衣著得體又帥氣，擇善固執對文化大業有著許多期待和憧憬，從飯後的晚上甚至到天亮，意猶未盡但有點無奈的回去，清晨涼風吹襲，冷冽的刺透著這些遊子曾經被多次激情過身影，白天又要回到現實中去追尋理想的生活。有一年的春節，他藉詞出遠門，把家中整串鑰匙交給我們住進去，冰箱填滿年貨蔬果，讓我們過了一個溫馨如家的農曆新年。

解：那你們又如何與三三結緣？

李：神州詩社日益壯大漸受文壇關注，常到各大學推廣詩社史及個人叢書，以文會友，不久絡繹不絕的寫作人和文友常到試劍山莊拜訪、交流與互動。後來我們認識了作家朱西甯老師，我們常在辛亥路朱家作客，品嚐劉慕沙阿姨的客家和臺灣美食佳肴，很自然和朱家三姐妹朱天心、朱天文、朱天衣熟識，還有馬叔禮、林惠娥、學者及音樂工作者曹元馨等。大家共同的話題是以文結社，鼓勵寫作人投稿使得兩個園地更加百花齊放，最後便提議神州和三三各自籌劃編文集，提供園地讓同仁發表作品，也對外徵稿，因此才擦出和皇冠出版社洽談出版神州文集和三三文集的火花。那時大家交往互動甚為頻密，我們都在對方的文集投稿以示支持。

解：林耀德的出現是在那個階段？

李：林耀德偶爾和我們在三三聚會中出現，後期詩社的活動出現較多，尤其在一九七七至一九七九年間，神州出版社出版溫

瑞安武俠小說八冊，參與期間一兩次武俠座談會，因此他算是較後期加入的社員，林耀德在一九七八年《坦蕩神州》文集的一篇文章已經展露了他年少的文學才華。

解：那時候你們對鄉土論戰的看法如何？

李：我們對鄉土文學的看法是，當時論者太過強調本土而出現相當激烈的辯論，而對於非鄉土的文學給與排斥。我們常和對方爭辯的課題是，如果大家詩中充滿閩南方言，我不是閩南人就看不懂，即便能體會，也就隔了一層，應該寫大家熟悉的語言，如此鄉土文學才有希望。其實在地的任何書寫語言，都和鄉土脫不了關係。當時各方對本土和鄉土沒有釐清範疇，實則本土是封閉狹窄排他，鄉土是包容匯集開放，可是當時看起來更像標榜本土。

解：那時候你未來臺灣前寫的那首〈清晨〉其實和鄉土文學非常契合。

李：這首詩是在馬來西亞寫的，我是一個農家子弟，今天若要寫鄉土的話，我會以這樣的方式來抒寫鄉土文學。

解：這是你比較早期的詩作，若換作現在，語言上是否還會不一樣？

李：農家出身的我對鄉土文學有一份特殊的感情，可是我又不贊成類似臺灣後來所提倡的鄉土主義的書寫的方式，充滿排他性，容易對其他某一些作品下標籤，使它侷限在某一個框框，而失去更高的文學價值。

解：來臺之後可否想過發展自己的鄉土書寫？無論是書寫中國鄉土，還是你的故鄉馬來西亞？

李：其實我試圖在《兩岸燈火》詩集裡面大量書寫當時在地的馬
　　來西亞鄉土和來臺之後的臺北鄉土。

解：經歷了天狼星詩社、神州詩社以及往後的人生經驗，談談你
　　的改變在哪裡？

李：是心境經由生活歷練的改變，也是人生觀的改變，當然昔日
　　神州的人和事也對個人衝擊很大，過去的經歷使個人不斷的
　　成長，但也不堪回首，詩的語言也因此作出調適和變化，人
　　生閱歷因而富有，觸角和視野無形中使得創作空間因而隨之
　　擴大，這對一個詩人來說是最好的磨練。

解：陳慧樺曾經提到馬華詩人在臺灣有幾種世代性的區別，其實
　　你們那時候在臺灣常同陳慧樺他們接觸嗎？

李：有，但很少。詩人當中有個李有成，之前是蕉風月刊的編
　　輯。林綠、王潤華和陳慧樺都是比我早到臺灣那個世代星座
　　詩社的詩人。接下來的世代就是神州詩社。

解：相對於星座詩社和神州詩社，您認為差異在那裡？

李：第一是凝聚力量，結合志同道合的大馬同學，互相砥礪創
　　作，搞些藝文活動，出版詩刊，奇文共欣賞，星座詩社和神
　　州詩社這幾點大致都相似。神州詩社最大的不同點在於活動
　　力旺盛，組織力也強，發動社員參與也就相得益彰。另外，
　　我們也強調創作包括聚會時即席創作和座談會等活動，座談
　　會也記錄成文字。由於活動頻密，社員持續增加，往後不只
　　僑生，本地的同學也紛紛加入，相互激盪，在活動和創作上
　　都有一定的催化和刺激作用，也奠定及豐盛了個人的創作歷
　　練。那段時期詩社因出版詩文集而和許多出版社結緣出書，

從故鄉出版社，源成出版社，四季出版社，長河出版社，時報出版公司，德馨室出版社及皇冠出版社等。後來認識了印刷廠王老闆，慧眼識英雄，對後輩非常提拔和器重，知道我們窮，竟毅然肯下重本，先是承印三期青年中國雜誌，再則印刷廠趕印八冊溫瑞安的武俠小說（包括一起承印香港版金庸名下明窗出版社的八冊在內）。當時出版學術性刊物《青年中國》雜誌時，最難能可貴的是，包括學者在內及許多臺灣知名作家，明知雜誌無法給付稿酬，卻毅然答應撰寫篇幅很長專文，這三期以《青年中國》、《歷史中國》及《文化中國》為名的學術刊物，大量的邀請作家學者撰文以及對他們的專訪記錄，現在研究神州詩社的專文，卻形同視而不見，當中最多提到神州文集，卻鮮少提到青年中國雜誌，是不是應驗了楊宗翰在一篇論文〈從神州人馬華人〉專文提到的「與此相較，有一群（曾）在臺灣生活寫作、與你我一樣有『臺灣經驗』一樣對『中國性』懷著複雜迎／拒情感，一樣在追尋與建構一己身分認同的『僑生』或『旅臺』作家，卻不幸被臺灣眾多讀者視為異他（the other），輕易打發，更別提在臺灣詩史／文學史上有何等位置」。（註）或者是事隔了三十多年後，刊物已絕版不易尋索找到所造成？以後再擴大從事出版業務，當然也形成無數的集體回憶或個人崇拜書寫。由於崇尚武俠，社員習武強身為己仁，神州詩社所投射的自我和俠義形象，變成一個武俠世界的縮影，無論是對留臺生或一個離鄉背井的讀書人而言，當中隱藏著一種內在無比豐碩精神的嚮往，不但可以集體依附，而且希望透過

文學和活動來實踐。神州詩社有幾個鮮明的特色額外明顯：第一，江湖義氣，第二，組織能力強，第三，創作豐盛，第四是出版詩刊、個人文集、雜誌、撰寫詩社史，從事出版業務及落實出版七冊神州文集（皇冠出版社），我們常常到校園推廣詩社史、同仁叢書、神州文集及青年中國雜誌；當這幾股無形的力量一直在燃燒而影響了周邊的人，非常激越並擴散而去就建構一個自足的美學，也無形中造就個人創作上的黃金時代，雖然有時在集體書寫上難免集焦在某一些人身上，顯露著諸多未經沈澱的粗糙。不過這美學的情境還是吸引了很多人的嚮往及參與，互動及引起討論確是事實，在當時受到臺灣許多前輩作家的讚許與加持，余光中、齊邦媛、銀正雄、亮軒、陳正毅及朱西甯等為文集寫序，應該都與前述的四個鮮明的特色有關。

註： 楊宗翰著〈從神州人到馬華人〉，收錄在臺北萬卷樓出版的《赤道形聲》馬華文學史2論文集，頁156-179，主編：陳大為及鍾怡雯。

歷史的列車
——散文集「烏托邦幻滅王國」後記　　　　　　李宗舜

　　約略在四十年前或更早，美羅中華中學的一些班上，有一群
學生努力在課餘辦壁報，編期刊，寫文章。

　　辦壁報，編期刊，寫文章，原本稀鬆平常，但姻緣巧合之
下，文學活動開始穿梭於山城，慢慢翻掘和延伸到全馬各地，復
又萌長於臺灣寶島的沃土。

　　這些文學活動如詩歌的清脆悅耳，散文的幽谷情歌以及小
說的章回餘韻，日夜在不同場景出現，引來了同好者的赴約，星
空下、山水間，聚會時感到溫暖，散席後行影孤單。過了一些時
日，當中有些人處處展露才情，也有些人卻因理念相脖而跌宕失
落，更有風光跋扈於現世，或隱居於都會鄉土者，交錯渡過其斤
斤計算或與世無爭的生活。

　　現在，班上的這些青少年華，好像瞬間全都步入耳順之年，
一晃，歲月無須交待，也無從細說，光陰的美目如何塗改他們精
緻的一生，甚或是寥落的一世，都交由歷史的列車輾過，當有斑
斑痕跡可以追溯。

　　這就是我想到出版第一本散文集的此刻，最想敘述的重要
話題，書寫的故事從美羅開始翻山越嶺，轉程到了臺北後流連忘

返，最後是過客般又回到大馬雪蘭莪州首府，那陪伴我虛渡廿多載的莎阿南胡姬花城，生根後始終要作個了結。

在出書的期許當中，滿足感和自我超越當下，唯有將心中沉澱的巨石沖垮，以便順暢起航，而今，領舵船艙的角色，將由自己的雙手去操控。

倘若不是要出版散文集，整理舊作，才恍然追溯到一九七四年，眨眼一算，至西元二〇一一年，跨越了兩個世紀，這三十五當中，勉強才湊足三十五篇作品，而且平均每年一篇，委實少得可憐。真正篇幅較多的還是從一九七五至一九七八年的神州詩社的黃金時代，歸納前後這四年為創作的豐收期，難怪溫任平先生當初未答應寫序前，就發出短訊提醒：「宜乎少些神州的老調，多些生活、生命的感悟之作」。

一九七八年，我和清嘯從高雄德馨室出版社發行人洪宜勇手中接獲有生以來第一本散文合集的版稅，當時付梓的書名是《歲月是憂歡的臉》，我們將版稅現金對分，和兄弟們大快朵頤一頓之後，也興奮了好幾天，出書的喜悅和成就感天天掛上眉梢。收入這本集子中共有二十三篇作品，則是三十三年前合集的部份挑選，那些沒有錄用的，亦因文章或未經淘洗沉澱，或太過粗糙，或過於感情用事，三十多年後重讀再看，始終認為不適宜重作馮婦，只好付之一炬了事。至於重現散文集的篇章，大部分已經修改了十次以上，再和舊稿對照，不能說面目全非，卻早已完成了創作的新貌，意圖留住往昔的記憶，也想刻印於紙面，那些年代豎立的身影。

至於自一九八一年回國後，幾乎和詩創作一樣，封筆近八年，肇始於一九八九年才又回到創作的疆場，停停寫寫，慘澹經營。然則一個人心中的無限話語，有時真的不知道用哪種表述最為恰當，詩歌的凝練，還是散文的一刀見血？米勒說過一句名言：「藝術便是戰鬥，它需要全力以赴」。我自認對詩創作的努力不懈，但對於散文的抒寫，卻只能是詩的意猶未盡的餘震延續，更多的是鞭長莫及。正如我在前一本散文合集後語所說：「我在散文的創作上，不但寫不出一株小草的青春亮麗，亦寫不出一篇能捲起千堆雪的長篇散文。我在散文的天地，始終是一個徘徊者，不能翻山越嶺的把心中的訊息傳到另一個山頭，等待對方的回應。」

就當作這些篇章如遠去的帆影，如今回航，靠岸，慢慢貼進這塊風雨的土地，就此長駐，停留，再出發。這三十五年來的文字，在你眼前出現，會引起甚麼聯想？我無法估量，是不是在你的心中，曾經想過擁有的那片青青草地，還是大海汪洋！

感謝任平兄身心疲憊寫完他一生中最有份量的序，他的仗義直言使我終生感佩，他的期許讓我在散文創作找回了自身對文學的追求，當然更有自信。臺北陳正毅兄久別重逢作跋，惜緣增福，文學殿堂的相知扶持，心中特別銘感。同時感念於三十多年老友陳素芳的義無反顧，允許收錄「遙遠的鼓聲——回首狂妄神州」在文集裡，遙相呼應，使這本散文集的出版顯得更完整，也更有意義。

2011年12月6日　莎阿南

語言文學類　PG0708

烏托邦幻滅王國
——黃昏星在神州詩社的歲月

作　　者／李宗舜
責任編輯／陳佳怡
圖文排版／楊尚蓁
封面設計／王嵩賀

發 行 人／宋政坤
法律顧問／毛國樑　律師
印製出版／秀威資訊科技股份有限公司
　　　　　114台北市內湖區瑞光路76巷65號1樓
　　　　　電話：+886-2-2796-3638　傳真：+886-2-2796-1377
　　　　　http://www.showwe.com.tw
劃撥帳號／19563868　戶名：秀威資訊科技股份有限公司
　　　　　讀者服務信箱：service@showwe.com.tw
展售門市／國家書店（松江門市）
　　　　　104台北市中山區松江路209號1樓
　　　　　電話：+886-2-2518-0207　傳真：+886-2-2518-0778
網路訂購／秀威網路書店：http://www.bodbooks.com.tw
　　　　　國家網路書店：http://www.govbooks.com.tw
圖書經銷／紅螞蟻圖書有限公司
　　　　　114台北市內湖區舊宗路二段121巷28、32號4樓
　　　　　電話：+886-2-2795-3656　傳真：+886-2-2795-4100

2012年3月BOD一版
定價：270元
版權所有　翻印必究
本書如有缺頁、破損或裝訂錯誤，請寄回更換

國家圖書館出版品預行編目

烏托邦幻滅王國：黃昏星在神州詩社的歲月 / 李宗舜著.
　-- 一版. --　臺北市：秀威資訊科技, 2012.03
　　面；　公分. -- (語言文學類 ; PG0708)
　BOD版
　ISBN 978-986-221-912-6(平裝)

855　　　　　　　　　　　　　　　101000054

讀 者 回 函 卡

感謝您購買本書，為提升服務品質，請填妥以下資料，將讀者回函卡直接寄回或傳真本公司，收到您的寶貴意見後，我們會收藏記錄及檢討，謝謝！如您需要了解本公司最新出版書目、購書優惠或企劃活動，歡迎您上網查詢或下載相關資料：http:// www.showwe.com.tw

您購買的書名：_____

出生日期：_____年_____月_____日

學歷：□高中 (含) 以下　　□大專　　□研究所 (含) 以上

職業：□製造業　□金融業　□資訊業　□軍警　□傳播業　□自由業
　　　□服務業　□公務員　□教職　　□學生　□家管　　□其它_____

購書地點：□網路書店　□實體書店　□書展　□郵購　□贈閱　□其他

您從何得知本書的消息？

　□網路書店　□實體書店　□網路搜尋　□電子報　□書訊　□雜誌

　□傳播媒體　□親友推薦　□網站推薦　□部落格　□其他_____

您對本書的評價：（請填代號　1.非常滿意　2.滿意　3.尚可　4.再改進）

　封面設計____　版面編排____　內容____　文／譯筆____　價格____

讀完書後您覺得：

　□很有收穫　□有收穫　□收穫不多　□沒收穫

對我們的建議：_____

_____

_____

_____

11466
台北市內湖區瑞光路 76 巷 65 號 1 樓

秀威資訊科技股份有限公司　　　收

BOD 數位出版事業部

:::

（請沿線對折寄回，謝謝！）

姓　　名：_____　年齡：_____　性別：□女　□男

郵遞區號：□□□□□

地　　址：_____

聯絡電話：(日) _____ (夜) _____

E - m a i l：_____